Jolie libraire dans la lumière

Éditions Desclée de Brouwer
10, rue Mercœur - 75011 Paris
9, espace Méditerranée - 66000 Perpignan

www.editionsddb.fr

ISBN : 978-2-220-07585-3

Frank Andriat

Jolie libraire dans la lumière

roman

"Littérature ouverte"

DESCLÉE DE BROUWER

Aux libraires,
aux lettres vives qu'ils partagent.

La conscience nous vint à la même seconde qu'un événement pour lequel il n'existe pas de nom dans le langage des hommes venait de se produire dans l'équilibre de la lumière.

Charles Bertin,
La petite dame en son jardin de Bruges.

1

Le soleil du matin, humide encore d'un souvenir d'aurore, glisse sur son visage et y dessine des chemins de lumière. Elle est assise derrière le comptoir, sur une chaise haute ; ses cheveux sombres, mi-longs, glissent sur ses joues, elle est légèrement penchée vers l'avant, vers ce livre qu'elle tient de la main gauche et dont chaque ligne lui semble indispensable.

L'homme est debout sur le trottoir, derrière la vitre et, de peur de la déranger, de l'extraire du songe où elle semble s'être lovée, il n'ose risquer un pas, se diriger vers la porte ouverte et accueillante. Elle tourne une page, poursuit sa marche tranquille en une histoire pour lui inconnue ; rien ne semble pouvoir la distraire de sa lecture. Pourtant, quand il se décide enfin à entrer, quand il fait tinter l'air de sa présence, elle lève la tête, lui adresse un bonjour poli, les yeux encore nimbés de mots.

Elle a laissé tomber les vêtements de son rêve : les libraires sont toujours à l'écoute de ceux qui se faufilent en leur jardin de livres. L'homme est mal à l'aise ; il s'en veut de l'avoir tirée de la magie de sa lecture attentive. Il le lui avoue, ajoute qu'il ne sait pas ce qu'il désire, qu'il est entré là par hasard, qu'il voulait respirer un coin hors du monde, qu'il désirait s'accorder un temps d'arrêt et que son seul souhait est de rester quelques instants en compagnie des livres (et d'elle si paisiblement attirante, mais il n'ose le préciser). Elle lui répond par un sourire, retourne à sa lecture, le laisse gambader dans les allées de son merveilleux potager d'histoires.

L'homme baguenaude entre les rayons, s'arrête sur une couverture, en effleure le drapé, en touche une autre et ses doigts glissent sur une douce pellicule de vernis mat, un peu comme sur une peau qu'on aime et qui s'étire sous le plaisir. Il poursuit son périple, avance de quelques mètres, saisit délicatement un ouvrage dont le titre l'attire, le retourne, parcourt d'un œil vif les lignes qui le présentent, le dépose, indécis ; comment, si l'on n'éprouve aucune envie particulière, choisir en cette multitude de livres, celui qui rassasiera ? Il lève la tête, pose les yeux sur elle et s'impose à lui une évidence : le livre qu'il achètera est celui qu'elle lit avec une assiduité délicieusement troublante. Pourquoi chercher parmi les ombres celui qui est vivant ? Dans ce jardin de phrases, seul un texte vit et c'est celui qu'elle met en lumière par le regard qu'elle lui accorde.

Le soleil du matin a gravi quelques échelons et il éclaire son décolleté, sa peau mate et brune. Elle porte une robe écru, fraîche comme un coup de vent. Le tissu clair met en valeur son teint hâlé et la coupe du vêtement guide vers la saveur de ses seins posés en un écrin qui les présente aux regards obliques, déjà gourmands. Devine-t-elle que son client s'intéresse plus à elle qu'aux œuvres de son jardin ? Elle quitte la phrase où elle se promenait, lève la tête, le fixe. Elle remarque ses yeux très bleus qui ne peuvent se détacher d'elle tout de suite.

– Pardon de vous déranger, murmure-t-il, gêné par l'indiscrétion dont il a fait preuve, pardon de vous déranger, mais quel livre lisez-vous ?

Elle a ouvert cet ouvrage ce matin en arrivant et voilà que, déjà, il lui offre d'entrer en relation avec un inconnu. Elle cligne des yeux, ferme le volume, le tend à l'homme qui s'est approché du comptoir, presque au ralenti. Il l'observe qui se penche pour lui présenter l'objet et, comme projetés hors de la robe écru qui s'échancre, ses seins bronzés s'offrent pendant une seconde avant qu'elle ne les reprenne en se redressant sur sa chaise.

– C'est l'histoire d'une rencontre, explique-t-elle.

– Elle semble vous captiver, précise-t-il pour ne pas laisser le silence prendre possession de l'espace de paroles qui vient de se tisser entre eux.

Elle sourit ! Ses dents sont blanches et régulières, pimentées par un discret rouge à lèvres carmin. Ses yeux ont des éclats de tranquillité joyeuse. Il songe qu'une aussi jolie libraire doit inspirer les clients de son jardin de livres, que l'homme qui partage son quotidien (parce que, avec son charme, il ne peut en être autrement) est chanceux de fréquenter un tel bouquet de lumière.

Ressent-elle l'émoi qui le traverse ? A-t-elle l'habitude qu'en sa présence les hommes deviennent hâbleurs, prêts à des bêtises pour lui plaire ? Elle ferme la porte de son sourire, rend son visage inhospitalier ; il suffit d'un rien pour éloigner celui qui s'approche trop : des yeux distants, des traits éteints, une présence qui s'absente, comme si elle murmurait : « Vous êtes le bienvenu dans ma librairie, mais pas chez moi. » L'homme comprend ; il doit être sensible aux mouvements de l'air. Il fait deux pas en arrière, l'ouvrage toujours serré dans la main gauche et son regard bleu la quitte pour rejoindre le livre et y capter les mots qui le présentent.

Il s'agit d'un vrai lecteur, elle le remarque dans l'instant. Ses yeux glissent avec allant sur les phrases de la quatrième de couverture, y pêchent l'essentiel, sans s'attarder. Cela, il le fera plus tard s'il achète l'ouvrage. « Pourquoi ce texte-là ? » se demande-t-elle et lui, comme s'il avait entendu la question, relève la tête et déclare :

– Vous étiez baignée de lumière pendant que vous le lisiez. Vous m'avez donné envie de rencontrer cette histoire.

Elle est troublée. Cet homme dégage un charme qui l'émeut ; il est si loin de ceux qui font l'acquisition d'un livre comme s'ils achetaient un steak ! « Mettez-m'en trois cents grammes, et basta ! » Ceux-là viennent ici parce qu'on les y oblige, un livre pour le gamin au collège, un cadeau de dernière minute pour la fête des mères. Ce client-ci est un explorateur ; à la manière dont il déambulait entre les tables, elle a senti qu'il avançait dans son domaine comme on marche dans une église. Sur la pointe des pieds. De crainte de déranger les âmes qui y habitent.

Et chaque livre est une âme. Elle en est persuadée depuis l'enfance. Déjà, lorsqu'elle feuilletait les albums illustrés que ses parents lui offraient, lorsqu'elle se plongeait dans les images et leurs guirlandes de mots pour les faire avancer, elle avait la certitude de pénétrer dans un temple inconnu. Elle avait peur d'en rencontrer les habitants, de découvrir leur existence, de la leur voler. Depuis, elle retrouve ce sentiment dès qu'elle ouvre un livre. Elle frémit, persuadée qu'elle entre dans une chambre secrète.

Quand un client, comme cet homme, s'invite dans sa passion, quand elle devine qu'on partage ce sentiment d'intrusion dans la vie d'un autre, elle a envie de rire. C'est toujours ainsi qu'elle réagit lorsqu'elle éprouve la certitude de n'être pas seule au monde.

Le client aux yeux bleus feuillette l'ouvrage avec une telle circonspection, avec un tel respect qu'elle ne peut pas contenir sa joie. Elle éclate d'un beau rire franc et lui, étonné, lève les yeux, l'observe.

– Ne m'en veuillez pas, dit-elle. L'amour des livres me rend heureuse.

Il sourit et elle remarque que d'adorables petites fossettes s'impriment sur son visage. « Pour peu, il me plairait... » songe-t-elle avant de se méfier d'elle-même et de se rétracter. « Mais que vas-tu penser là ! » Lui ne semble pas avoir surpris les papillons émus qui voletaient dans l'air.

– C'est un bel hommage que vous rendez aux

livres et aux écrivains, répond-il. Je me décide pour cet ouvrage. Où puis-je le trouver ?

– Juste derrière vous, dit-elle en récupérant l'exemplaire qu'elle lui a prêté, le sien depuis l'ouverture du magasin, celui qu'elle a élu parce qu'elle a été attirée par le texte de la quatrième de couverture et qui la bouleverse depuis qu'elle en a entamé la lecture.

L'homme s'est déplacé de quelques pas, a saisi un livre et le lui tend.

– Pouvez-vous me l'emballer dans un papier cadeau ?

– Bien entendu, murmure-t-elle, déçue que cet achat ne lui soit pas destiné. Pour une occasion particulière ? Une fête, un anniversaire ?

– Oh, non ! Je m'offrirai ce livre tout à l'heure. Une manière de me faire plaisir : il est important de se choyer de temps en temps.

Cette fois, elle est charmée. Des clients comme celui-ci, elle désirerait en rencontrer chaque jour ! Sa peau est parcourue d'un délicieux frisson ; gênée par son émotion et craignant que celle-ci se remarque, elle baisse les yeux vers le papier doré qu'elle plie avec des gestes précis. Quand elle a terminé, elle lui tend le paquet un peu trop vivement. Est-ce à cause de ce récit qu'elle se sent en émoi ? Ou à cause de cet homme si particulier ? En sortant de l'argent de son portefeuille, il déclare :

– Je suis heureux d'être tombé sur ce livre. Je suis employé aux chemins de fer. Il devrait me plaire.

– *Dans un train*, c'est vrai ! Le titre semble vous être destiné !

Pour répondre, elle s'est redressée et la lumière du soleil qui tombe sur la vitre lui empale la gorge. L'homme est frappé par ce clair-obscur subit, le haut des seins de la jolie libraire et son cou flashés par le jour et le reste de son corps dans une pénombre appétissante. Un nuage passe-t-il dans le ciel ? La lumière redevient plus tendre, plus onctueuse.

– Vous allez aimer, dit-elle. L'auteur décrit merveilleusement le voyage en train de son héroïne.

Elle voudrait avouer que cette histoire la touche davantage, que chacun des mots de ce récit, qui lui était inconnu au début de la journée, la poignarde, qu'il faut qu'elle le termine de toute urgence et que, pour cela, elle tournerait bien la clé dans la serrure de la porte d'entrée, mais une libraire ne peut pas oublier ses clients, surtout ceux qui, comme cet homme, sont amoureux des livres.

– Oh, vous savez, je travaille dans les bureaux. Je bouge peu. Mes plus longs voyages, je les fais dans ma tête.

Elle ne veut pas lui répondre qu'elle aussi, qu'elle aussi… D'ailleurs, l'harmonie se brise ; deux dames bavardes pénètrent dans la librairie. Elles ne voient ni l'homme, ni la jolie libraire, ni la lumière qui habille les rayonnages ; la plus grosse s'agrippe au comptoir et demande d'une voix criarde :

– Vous avez le dernier roman d'Aurélie Pompon ?

2

Ce matin-là, elle monta dans le train pour rejoindre Bruxelles. Elle avait vingt-trois ans, un fils de six ans et elle se sentait seule. Sa vie ressemblait à un mouchoir chiffonné. Elle ne savait pas trop pour quoi elle vivait et, depuis le départ du père de son petit, elle n'avait d'autre but que celui de joindre les deux bouts. Ça l'occupait tout entière et c'était déjà assez difficile.

Elle repéra une place assise en face d'un homme qui lisait et elle se dit que, là, elle serait tranquille. Elle aimait les livres depuis toujours, et ceux qui les accompagnent. Elle posa ses sachets sur le siège libre à côté d'elle et s'installa avec un soupir. Elle courait depuis qu'elle était levée et elle n'avait pas fini : son gamin l'attendait sur un quai de la gare de Bruxelles-Nord et, de là, ils iraient manger un morceau et faire les magasins. Son petit adorait ça et, même si elle ne pouvait pas lui payer tout ce qu'il désirait, ça lui permettait de rêver à une vie meilleure.

Elle était nerveuse, ne pouvait s'empêcher de nouer et de dénouer les doigts. C'était ainsi chaque fois qu'elle confiait la garde de son fils à « Tonton Fred », un vrai distrait qui avait déjà manqué plusieurs rendez-vous et qui avait fini par ne plus l'étonner en rien.

Le passager leva les yeux à l'instant où elle se laissait tomber sur le siège. La douceur de son regard l'interpella. Il l'effleura à peine, revint à sa lecture. Par la fenêtre se glissait une lumière ocre d'automne, parfumée de feuilles mortes et l'homme, placé dans l'axe des rayons du soleil par l'avancée du convoi, lui sembla sortir d'un livre d'images, un de ces ouvrages pour enfants qu'elle prenait du bonheur à lire le soir à son fils avant qu'il s'endorme. Elle eut envie d'adresser la parole à cet inconnu, de s'incruster dans son univers comme une perle dans une huître.

– C'est bien ? questionna-t-elle.

L'homme se redressa, surpris, exilé du monde où il voyageait. Pendant une seconde, il l'observa sans comprendre. Elle avait gardé les yeux dirigés vers son livre, désolée de l'avoir dérangé. Il dut enfin saisir l'objet de sa demande.

– Pas mal du tout, répondit-il. Vous aimez lire ?

Une voix tranquille comme la lumière du jour qui s'était déplacée au-dessus de son front et qui auréolait un début de calvitie. Cet homme devait avoir la cinquantaine et de lui émanait une profonde quiétude. Elle était jolie, elle le savait, elle l'avait même trop su et converser avec des inconnus n'est jamais sans risque pour une fille qui a du charme. Il fallait assumer : n'était-ce pas elle qui avait lancé la conversation ?

– Oui, j'aime lire. Je lis surtout des romans. Ils me permettent d'imaginer ma vie en beau.

– Pourtant, beaucoup sont tristes. C'est ce que je

reproche aux livres ; ils sont trop souvent construits à partir de mauvais sentiments. Un peu comme si, dans notre monde, les écrivains avaient peur de parler du bonheur.

Elle l'observa sans répondre. Bien entendu, les histoires pénibles qu'elle avait lues l'avaient persuadée qu'au fond, ses propres difficultés avaient du bon, qu'elles n'avaient rien de comparable avec ces horreurs et ces misères où certains auteurs se complaisent, mais ce qu'achevait de déclarer cet homme était terriblement vrai, fort comme une gifle : les livres ne parlent jamais assez du bonheur.

– Et l'ouvrage que vous lisez est-il heureux ? lança-t-elle sans réfléchir.

Il éclata de rire. Après un virage, la lumière du jour était passée de l'autre côté du convoi, mais, en face d'elle, la joie de l'homme éclairait l'espace. Elle s'en voulut d'avoir été aussi maladroite ; elle n'avait jamais été douée pour écouter ses mots avant de les prononcer, pour préserver en elle le silence qui invite au recueillement. Ses profs (et sa mère !) lui avaient tant fait remarquer qu'il fallait tourner sept fois la langue dans la bouche avant de parler. Souvent, sa rapidité à s'exprimer avait créé des éclats de rire chez ses interlocuteurs.

– Votre expression est belle, répondit l'homme, ravi. Oui, ce livre est heureux. Il invite ses lecteurs à s'émerveiller des petites choses de la vie.

C'était un matin d'automne. Le train filait entre des arbres dorés. Le cuivré des feuilles jouait avec la lumière déjà un peu pâle du soleil d'octobre et, parfois, parce que certaines branches s'étaient dépouillées plus rapidement, un morceau de ciel bleu clair s'annonçait de l'autre côté de la vitre. Elle se laissa happer par la beauté du paysage qui défilait à l'extérieur et elle se dit que c'était sans doute de ces petites choses-là que l'homme lui parlait. De ces instants clairs qui renouvellent notre présence au monde. Elle eut un sourire.

– Nous passons souvent à côté de l'essentiel, murmura-t-elle.

– À nous de nous exercer à être plus attentifs, répondit l'homme. J'ai remarqué votre regard ; ce matin d'automne nous offre de superbes lumières, n'est-ce pas ?

Elle se sentit tout à coup beaucoup mieux. Depuis qu'elle était debout, elle avait vécu sans vivre, couru sans profiter de rien et son voyage en train lui offrait une pause où elle avait envie de s'asseoir. Ce passager et sa conversation paisible étaient un cadeau.

L'homme avait posé son livre sur ses genoux, disponible à leur rencontre et s'éveilla en elle la joie de remarquer qu'il suffit parfois d'un rien pour modifier l'orientation du jour. L'ouvrage qu'il lisait s'intitulait *Matins*. Elle demanda au voyageur de lui en parler et il se prêta de bonne grâce à sa curiosité, mais, à nouveau, ils quittèrent vite le livre pour revenir à ce déplacement en train, aux couleurs qu'offrait la générosité de l'automne. L'homme ne cessait de s'émerveiller de la beauté du monde et elle avait rarement éprouvé une présence aussi attentive à ce qu'elle racontait.

Sans doute parce qu'il était sa première préoccupation depuis qu'elle s'était levée, elle parla de son fils, Antoine, six ans, là-bas, à l'attendre en compagnie de Tonton Fred, sur le quai d'une gare. L'homme l'écouta sans l'interrompre d'une de ces remarques qu'elle entendait fréquemment : « Vous paraissez bien jeune pour avoir un fils de six ans. » Elle se rendit compte qu'en parlant de son Antoine, elle déballait aussi sa vie, les mille tracas du quotidien d'une jeune femme seule avec un môme, ses difficultés financières, sa volonté d'offrir malgré tout au petit un équilibre qu'elle-même n'avait pas connu durant son enfance.

En face d'elle, l'homme acquiesçait, l'encourageait par une question, réagissait comme s'il l'avait toujours connue. À un moment, elle se rendit compte qu'elle était tombée dans un monologue réducteur et elle se tut.

– Excusez-moi, je ne parle que de moi. Je dois vous ennuyer.

– Pas du tout et je vous remercie pour la confiance que vous m'accordez en me dévoilant tout ça. J'ai un fils un peu plus âgé que vous et il me raconte tellement peu de lui !

Elle l'aurait embrassé ! Quelle délicatesse ! Il dut lire le bonheur dans ses yeux, car il sourit, visiblement gêné qu'une aussi jolie jeune femme montrât tant de joie de se trouver en sa présence. Le train ralentit et une voix féminine annonça leur arrivée en gare de Namur. Deux minutes d'arrêt. Un va-et-vient de voyageurs remua l'air et des ombres les frôlèrent avant de s'évanouir. Personne ne vint s'installer auprès d'eux comme si le fait qu'il ne fallait pas les déranger était une évidence. Lorsque le convoi redémarra, elle avoua à son interlocuteur qu'à force de vivre seule, on apprend à ne plus parler. Elle ajouta que les voyages en train ont cela de particulier : on s'assied en face d'un inconnu qu'on est presque certain de ne jamais revoir et on déballe ce que l'on a sur le cœur avec d'autant plus de légèreté.

– Mais, ajouta-t-elle perturbée par son aveu, ne croyez pas que je me découvre ainsi à tout le monde ! Il faut que la personne m'inspire confiance et j'éprouve pour les gens qui lisent une tendresse particulière.

L'homme bougea les doigts de la main gauche, comme s'il voulait écarter une mouche et répondit dans un murmure :

– Tout ça est bien normal. On se laisse davantage aller face à un inconnu. Nos proches ne nous jugent-ils pas plus facilement ?

– N'empêche, poursuivit-elle. Je vous raconte ma vie et je ne sais rien de vous, hormis le fait que vous lisez une histoire qui s'intitule *Matins* et que vous semblez sensible aux petites choses de la vie. C'est un peu fou, non ? Un peu risqué, peut-être ?

– Pourquoi ? Nous nous quitterons dans moins d'une heure pour ne plus nous revoir, mais nous emporterons l'un et l'autre le cadeau que fut notre rencontre.

Elle éclata de rire.

– Vous parlez comme un livre ! Ce que vous dites est chou.

– Je suis en quelque sorte un livre, rétorqua-t-il de façon énigmatique.

– C'est-à-dire…

– Que, comme chaque livre, je conserve un mystère.

Elle comprit qu'il n'en dévoilerait pas davantage. Ce n'était pas parce qu'elle avait déshabillé ses confidences qu'il devait en faire autant. Elle songea à Antoine, son fils, qui se demandait sans doute quand elle le rejoindrait, qui tançait Tonton Fred pour qu'il se dépêche de le conduire à la gare, déclarant que sa maman serait si heureuse de le voir qu'il ne pouvait pas la faire attendre. Et l'oncle de tempérer le gosse ! Pour sentir celui-ci, pour que sa présence devînt palpable, il suffisait de songer à lui. Elle avait oublié le voyageur et il la surprit quand il lui demanda :

– Vous pensez à votre fils, n'est-ce pas ?

– Ça se voit tant que ça ?

– Quand une femme ferme les yeux, elle accueille toujours ce qui lui est le plus cher.

Elle ne répondit rien, savoura la phrase. « Oui, songea-t-elle, je ferme toujours les yeux lorsque je suis heureuse. » Elle retrouva la lumière et remarqua que l'homme l'observait ; il y avait de la délicatesse et du respect dans son regard et, cependant, elle éprouva la sensation qu'il la visitait de fond en comble, comme lorsqu'on recherche, dans le fouillis d'un grenier, un souvenir d'enfance devenu soudain indispensable à l'adulte qui veut retrouver ses racines. Ils restèrent ainsi en silence : le train filait à travers un paysage aux couleurs d'ocre, de cuivre et de cuir mêlées. Bientôt, après la plaine, la ville apparaîtrait. Pour l'avoir parcouru plusieurs fois, elle connaissait le trajet par cœur. Antoine l'attendrait sur le quai de Bruxelles-Nord, serrant la main de son oncle distrait, ce grand frère qu'elle avait si souvent protégé. Elle se lèverait, saluerait l'homme. Peut-être échangeraient-ils encore quelques mots désuets. Avant de ne plus jamais se revoir.

3

Elle regarde l'homme sortir serrant son livre dans la main. Au moment où il passe la porte, le vent qui s'est levé fouette ses cheveux, tord le col de sa veste et lui fait plisser les yeux. Le soleil l'accompagne et éclaire les grains de poussière soulevés qui pourraient entourer son client d'un flou ombragé s'ils étaient plus nombreux. Elle est heureuse d'avoir pu, sans le chercher, amener quelqu'un à acheter ce récit qui la bouleverse, elle est heureuse d'avoir pu faire voyager vers un inconnu une œuvre de cet auteur surgi ce matin dans son existence comme un coup de poing.

Par la vitre qui donne sur la rue, elle voudrait suivre celui qui s'est promené avec tant de discrétion en son jardin de livres, sans savoir qu'y acquérir et découvrant grâce à elle cette histoire de la rencontre d'un homme et d'une jeune femme dans un train. Ce livre est entré dans sa vie comme une présence ; elle ne trouvera pas d'autre mot pour mieux en parler.

Elle voudrait reprendre sa lecture, s'arrêter plus longuement, plus savoureusement sur cet instant partagé avec ce client aux yeux bleus, mais le quotidien est là qui l'interpelle et ces deux bonnes femmes qui veulent, avec une volonté haut perchée, qu'elle leur donne des conseils : entre Aurélie Pompon et Aurélie Pompon, qui choisir ?

Il est temps qu'elle exerce son métier de libraire. Elle cite plusieurs titres de la romancière, esquisse un rapide portrait des œuvres et, sur base de ce presque rien, les clientes se décident.

– De toute façon, c'est pour offrir ! conclut la grosse.

Après qu'elles ont achevé leurs emplettes, la librairie se vide de leur raffut. Elle retrouve avec bonheur l'univers paisible auquel elle est habituée. Elle s'assied derrière le comptoir, reprend le texte abandonné, réinvestit les « mots du train » comme elle les a baptisés et se laisse emmener dans la suite d'un voyage qu'elle appréhende de plus en plus, au fil des pages lues.

Ravi de son achat, l'homme a traversé l'avenue, a couru chez lui, emportant l'image de la libraire enluminée par le soleil du matin, tranquille et prisonnière de sa lecture de l'autre côté de la vitre. Être employé aux chemins de fer n'est pas toujours une sinécure ; il y a dans les bureaux des tâches répétitives, mais son travail lui pèse peu, car il le sait utile aux autres.

Le soir, quand il plie bagage et qu'il rentre chez lui, des trains, il n'existe plus rien. Il retrouve, près de sa bibliothèque, un coin paisible éclairé par une lueur discrète et il s'y recroqueville avec un livre. Puisqu'il vit seul, il lit beaucoup et ses collègues le charrient souvent à ce propos. Ils ne peuvent pas comprendre. Il leur répond, avec un sourire, qu'il attend la fin du jour pour embarquer dans la lumière.

Ceux qui ignorent la puissance des livres haussent les épaules. Un livre, ce n'est pas la vie et rien ne vaut un verre de bière accompagné d'une blague épaisse ! On saisit le bonheur où l'on peut. Lui, l'employé des chemins de fer, s'abstrait de son existence de gratte-papier avec les mots de ces gens qui inventent des mondes. Grâce aux livres, il déraille. Avec bonheur.

Elle songe à ce client paisible qu'elle n'a encore jamais vu dans son jardin de livres. Où vit-il ? Dans la ville ? Est-il simplement de passage ? Un touriste ? Elle a senti qu'elle avait en face d'elle un de ces lecteurs qui savourent les textes à petites gorgées et qui les laissent mûrir en bouche, prendre de l'ampleur, gagner le cœur. S'il vit ici, pourquoi n'est-il jamais venu chez elle ?

Elle prend conscience que le souvenir de l'homme aux yeux bleus la distrait de sa lecture. À moins qu'il lui permette de fuir celle-ci qui devient de plus en plus difficile. Où l'auteur est-il allé chercher ces phrases qui la transpercent, cet univers qui l'incendie ? *Dans un train* : le titre n'annonçait pas autant d'émoi. Peut-être son trouble est-il aussi dû au soleil qui s'est imposé : tout à coup plus présent, il l'éblouit et l'oblige de relire certaines phrases. L'auteur aime les métaphores ; son œuvre en est constellée. Il faut se laisser prendre par elles pour participer à la promenade à laquelle elles invitent.

Les va-et-vient des clients plus nombreux, le jour éveillé, le téléphone l'empêchent de se consacrer à sa lecture. Elle glisse un marque-page dans le volume, pose celui-ci sur le comptoir ; elle le reprendra plus tard, à l'un de ces moments creux dont les journées regorgent, sur le temps de midi ou vers quinze heures, juste avant la sortie des classes.

Il y a, pas loin de sa librairie, un lycée que fréquente son fils de dix-sept ans. Après les cours, il lui arrive de débarquer sans crier gare avec ses potes. C'est l'instant d'un joyeux brouhaha. Ils tournicotent entre les rayons, posent des questions, veulent savoir ce qu'elle pense du titre prescrit par leur prof de lettres. Elle aime l'exubérance de ces adolescents qui, en filant, lui lancent des baisers du bout des doigts. Elle sait qu'ils ont dit à Antoine qu'ils la trouvaient bandante. Elle sait que son garçon est fier d'avoir pour mère une femme ravissante et, cependant, elle aurait tant voulu que, comme une grande partie de ses amis, il ait aussi un père. Mais cette histoire-là...

– Pourriez-vous me donner une information ?

Elle se tourne vers la voix masculine, un peu bourrue, mais paisible. Elle n'a pas remarqué l'arrivée de ce client, un habitué qui, cette fois, recherche un des tout premiers textes de Christian Bobin pour l'offrir à sa femme. C'est le miracle de son métier de libraire : les gens lui dévoilent fréquemment leur intimité. Celui qui veut offrir un livre de Christian Bobin à son aimée est un homme tendre ; il vient lui demander des textes qui ne font pas la une de la presse littéraire, mais qui s'installent dans la vie des lecteurs avec une présence que la critique, même la meilleure, n'offre jamais.

Elle s'applique à lui fournir l'information exacte et, quand il apprend que son désir sera exaucé, que l'ouvrage sera à sa disposition dans quelques jours, l'homme déjà âgé sourit comme un enfant.

– Vous ne pouvez pas savoir combien ça va la ravir ! avoue-t-il avec une lueur joyeuse dans les yeux.

– J'aime aussi beaucoup ce qu'écrit Bobin.

Cet homme est un de ses plus anciens clients. Il a suffi d'un écrivain pour qu'il devienne presque un ami. Ça fait des années qu'il s'invite dans son jardin de livres comme s'il venait à une fête. Il entre dans la boutique avec un sourire dessiné sur le visage parce qu'il est sûr de passer un moment complice avec elle. À travers leurs ouvrages, les auteurs créent des liens et permettent à des gens qui ne se parleraient pas de se rencontrer, de se découvrir. Elle a vu éclore des attachements nés du fait que deux personnes qui ignoraient tout l'une de l'autre posaient la main sur le même livre.

Après un instant de surprise, la conversation s'engage. L'un veut savoir pourquoi l'autre est attiré ou a choisi ce titre-là. Celui à qui une question est posée interroge à son tour et, derrière chaque mot, s'éveille une curiosité, un désir. Elle observe discrètement l'échange ; elle est enchantée, car, souvent, elle connaît les clients qui se parlent et elle sait qu'hormis ce livre sur lequel ils viennent de poser leur dévolu, rien n'aurait jamais dû les rapprocher, les rendre curieux l'un de l'autre. Après leur achat, certains quittent la librairie ensemble, devisant comme s'ils se fréquentaient depuis longtemps.

Elle rit alors à l'intérieur, là où ça crée comme une vague. Ces échanges justifient son métier. À elle aussi il est arrivé de s'intéresser à une œuvre perdue dans la masse, un livre qui lui avait échappé et sur lequel la rencontre de deux clients a attiré son attention.

Lorsque ça survient, le soleil descend derrière la vitre, s'incruste entre les rayonnages, même les soirs noir hiver ou ocre automne.

– Vous savez, poursuit le client, Christian Bobin m'a réconcilié avec l'espérance. J'ai fait découvrir ses écrits à mon épouse et, depuis, elle ne peut plus se passer de lui. J'en deviendrais presque jaloux si cet auteur n'avait le don de parler, avec ravissement, de plus grand que lui.

L'homme rit. Il a les dents jaunes. Elle se dit que seul le tabac peut abîmer autant une bouche, mais la pensée passe en un coup de vent.

Elle a conçu sa librairie comme un lieu de vie où les marins lecteurs prennent plaisir à faire escale. Malgré le flot des nouveautés qui submergent le métier, elle s'oblige à laisser à ses clients de l'espace où déambuler et, dans un coin, elle a installé deux chaises de jardin et une petite table sur laquelle, chaque semaine, elle dépose ses coups de cœur. Les gens vont là pour savoir ce qu'elle a lu, ce qui l'a émue et, pour certains, c'est le premier endroit où ils font une pause après lui avoir dit bonjour. Nombreux sont celles et ceux qui en venant chez elle sont en recherche de repères ; ils savent que, dans un livre, ils découvriront une question essentielle ou une réponse attendue.

Ça fait presque dix ans qu'elle a acheté le fonds, dix ans qu'elle cherche chaque jour comment mettre en valeur ces auteurs qu'elle admire et leurs mots qui la font vivre. Lorsqu'elle l'a reprise, la librairie ne s'appelait pas *Matins*. Elle a rebaptisé l'endroit comme elle en a redessiné l'espace. Elle a rendu à la lumière la pièce arrière qui servait de débarras, a imaginé une vitrine attrayante qu'elle renouvelle au fil des saisons. Le vieil homme qui lui a vendu son fonds a été bouleversé par la magie que ses yeux de femme ont fait entrer dans son trou de poussière. Les clients ont aimé.

– Ici, lui a dit l'amateur de Bobin, ça sentait le vieux papier, mais pas les livres. Vous avez offert votre jeunesse à ce lieu.

À trente-quatre ans, elle aime entendre cela. Elle n'a pas eu la vie facile. C'était avant et, même si elle n'oublie pas, elle a décidé de vivre au présent, de se fier à la lumière du jour qui s'installe même dans les gouttes de pluie. C'est sa façon de croire en Dieu. Son passé a reculé depuis qu'elle a tourné les yeux vers l'espérance. Et le malheur, qu'elle a trop longtemps serré contre elle comme un bébé malade, est devenu moins oppressant.

4

Elle eut très peur, ce matin-là. Elle ne trouva pas son fils au rendez-vous qu'ils s'étaient fixé. Son fichu frère avait cru la reconnaître à travers la vitre du convoi qui précédait le sien et, plutôt que d'attendre qu'elle vînt prendre l'enfant sur le quai, il avait fait grimper celui-ci dans le train en riant.

– C'était pour te faire une surprise ! J'étais persuadé de t'avoir vue !

Elle avait hurlé qu'il était inconscient. Sur le quai de la gare, les voyageurs s'étaient retournés. Merde ! Le petit devait être paniqué ; comment allait-elle le retrouver ? Elle n'avait pu contenir son angoisse, avait hurlé à nouveau, n'avait pu réprimer des larmes. Était-ce son cri qui avait poussé le voyageur à revenir sur ses pas ?

– Vous avez un problème ?

Elle l'observa avec reconnaissance. Il y avait tant de quiétude dans sa question.

– Cet imbécile a fait monter mon fils dans le train précédent !

– Si vous vous adressiez à un employé des chemins de fer... Un coup de téléphone et votre enfant sera pris en charge à la prochaine gare où il vous suffira de le rejoindre.

Tout semblait si facile pour cet homme-là ! À côté d'elle, son frère n'en menait pas large, suant d'inquiétude, prenant conscience de sa légèreté.

– Tu connais ce monsieur ? avait-il demandé d'une voix hésitante.

Comme si c'était la question à poser dans un moment pareil ! Elle avait haussé les épaules, n'avait pas répondu, avait couru vers un homme en uniforme qui venait d'apparaître, s'était emmêlée dans sa demande et le voyageur, encore une fois, l'avait aidée à reprendre pied et avait résumé la situation de façon précise.

Pour résoudre le problème, un coup de téléphone avait suffi. Dès que l'enfant serait retrouvé dans le convoi précédent, on s'occuperait de lui.

Elle avait récupéré son sourire lorsque le portable du chef de gare avait sonné. Son fils l'attendait à Bruxelles-Midi et ils y arriveraient en quelques minutes. Son frère gesticulait à côté d'elle.

– Tu vois que tout s'est bien passé. Ce n'était pas utile d'en faire un fromage !

L'homme était parti. Il lui avait tendu la main avant de se diriger vers l'escalier qui conduisait au métro. Elle l'avait regardé disparaître dans la foule. C'était fini. De lui elle ne savait rien, ni ce qu'il faisait, ni qui il était. Un voyageur dans un train qui lisait un livre intitulé *Matins*. Un homme qui l'avait écoutée, qui l'avait aidée et dont elle n'entendrait plus parler.

Son insupportable frère l'avait ramenée au réel. Il ne cessait de se réjouir et, dans quelques heures, elle savait qu'il raconterait autour d'eux que, grâce à lui, ils avaient vécu une étonnante aventure !

Un pitre ! Il était son aîné de deux ans et pourtant il n'avait aucun sens des responsabilités. Elle l'observait sans rien dire : il gesticulait comme un épouvantail par grand vent, pathétique et comique à la fois, attendrissant parce que fragile. Et c'est sans doute pour ça qu'elle n'avait pas coupé les ponts avec lui. Au fond, malgré leurs différences, ils se ressemblaient, blessés tous les deux par l'enfance.

Ne rien ajouter surtout. C'était le passé et elle avait choisi de tirer un trait sur ce qui aurait pu la détruire. Elle n'en parlait jamais à personne ; ça valait mieux. À quoi bon faire revenir les ombres alors qu'on tente de vivre dans la lumière ?

Un matin, dans un train encore, à un inconnu aussi, elle avait tracé d'elle un portrait plein de coups de couteau, le vrai tableau de son enfance. Ça avait débordé et le voyageur avait tout pris dans la figure. Elle savait qu'elle ne le verrait plus, mais l'homme s'était mis à pleurer, à parler de sa vie, à lui demander de l'aide, à croire qu'entre elle et lui peut-être..., à insister parce que enfin si elle lui avait révélé tout ça, c'était parce que quelque chose s'était passé entre eux et que... Elle avait dû fuir ; elle était descendue au premier arrêt du convoi, avait abandonné le bonhomme effondré sur son siège. « Mais quel con ! Qu'imaginait-il ? »

Sur le moment, elle s'était promis de ne plus se dévoiler. Elle était jolie, attirante. En entamant une conversation personnelle, elle pouvait éveiller des espérances, des désirs. Elle ne s'était jamais posé la question avant ce mec-là. Jusqu'à lui, tous l'avaient écoutée sans broncher comme le passager de ce matin, avec un intérêt poli parfois, avec émotion aussi. Il s'agissait d'un contact cordial entre voyageurs, de quoi rendre la vie moins grise, de quoi oublier la déchirure de l'enfance. Pourquoi avait-elle tant dévoilé d'elle-même à ce pleurnichard ? Peu importait de comprendre. Après cet incident, elle avait décidé de se montrer plus prudente, mais sa résolution n'avait pas tenu longtemps. Elle éprouvait un terrible besoin d'entrer en contact.

C'est ainsi qu'elle avait rencontré le père de son fils. Ça demeurait un beau souvenir, même si, plus tard, il y eut les larmes. Même si, un matin, il prit un train pour ne plus revenir. Le jeune homme était beau parleur et il avait suffi de quelques phrases pour qu'il l'emballe. C'était le terme exact. Elle avait eu la sensation de tomber dans sa toile et d'y être corsetée, cousue même. Elle était si jeune alors, à peine sortie de l'adolescence et elle s'était jetée dans ses bras comme on saute à pieds joints dans un rêve. Il lui offrirait réponse aux questions qu'elle se posait, il guérirait ses blessures, lui ferait oublier ses galères, il la protégerait, il lui donnerait des ailes et cette assurance qui émanait de lui, elle la ferait sienne pour devenir une femme. On est un peu fou quand on a dix-sept ans. Embrasé par sa beauté de pêche mûre, l'homme n'avait rien envie de donner, il ne désirait que lui ravir sa saveur. Elle s'était laissé faire, avait cru au miracle lorsqu'elle s'était retrouvée enceinte et n'avait plus cru en rien quand il l'avait quittée parce qu'il ne voulait pas assumer un enfant.

Ce matin-là, il faisait gris. Le ciel ressemblait à une grosse couette roulée en boule, pleine de rondeurs de fin de nuit et d'ombres menaçantes. En pénétrant dans la cuisine, elle avait repéré un mot sur la table. La pièce baignait dans une lueur blafarde et sans relief. Une petite pluie fine et coriace saupoudrait les vitres d'absence et de tristesse. « Nous nous sommes rencontrés dans un train. Je suis parti en prendre un autre. Adieu. » Depuis ce jour, malgré des recherches, elle ne l'avait plus revu. La naissance de son fils qui apprit à vivre sans père. Sa difficulté à elle d'assumer l'amour et l'absence d'amour. La réalité ne fut pas le rêve qu'elle imaginait. Elle éprouvait ce sentiment qui empoisonne tant de femmes isolées avec leur enfant : il s'agit toujours de donner et de donner encore. Elle avait compris très vite que son Antoine ne pouvait pas être l'oreiller où reposer la tête, qu'elle était là pour son bonheur à lui.

Bien entendu, il y avait son indécrottable frère qui désirait se rendre utile et qui n'avait de cesse de lui proposer de jouer auprès de l'enfant le rôle du père évaporé dans les brumes d'une journée sans relief. Sacré Tonton Fred ! Comment servir de tuteur à quelqu'un lorsqu'on ne réussit pas à être un tuteur pour soi-même ? Il menait une vie de bâton de chaise, gagnait beaucoup d'argent, le dépensait aussi vite, en gagnait plus encore ! Il avait un don pour le commerce et ça l'enrichissait ; même s'il le lui proposait, elle ne voulait pas dépendre de lui. Alors, déçu, il offrait des idées fantastiques ou loufoques pour amuser la galerie, mais soit il oubliait le rendez-vous qu'il leur avait fixé, soit il téléphonait au dernier moment pour s'excuser : la vie l'appelait ailleurs. Et quand il était présent pour honorer ses promesses, quelque chose dérapait, comme si à son frère manquait la faculté d'accomplir un acte jusqu'au bout.

Il amusait l'enfant. À chaque rencontre avec Tonton Fred, Antoine vivait une mésaventure digne d'un feuilleton télé. Mais à elle, son frère fichait la trouille. Tellement irresponsable qu'elle croyait qu'un jour, il leur apporterait du malheur. Elle serrait les dents quand son fils lui rappelait que Tonton Fred n'avait plus donné signe de vie depuis longtemps et qu'il faudrait l'appeler. Il lui arrivait de les oublier pendant des semaines. Il réapparaissait subitement dans un délire de mots et de cadeaux. La vie qui l'avait appelé ailleurs le ramenait dans sa famille. Elle haussait les épaules. Sans lui, il n'y aurait eu qu'elle dans l'existence de son fils. Parce que, malgré sa beauté et son jeune âge, elle était devenue méfiante. Elle avait retrouvé des réflexes de protection et elle préférait les hommes dans les livres que dans la vie où ils se révèlent souvent des prédateurs. Il fallait survivre et, pour cela, elle n'avait accès qu'à de petits boulots mal rémunérés. Jeune et sans qualification. Les employeurs souriaient quand elle affirmait qu'elle adorait lire, que, pour elle, les livres étaient un havre et leurs auteurs une raison d'être.

Ça coinçait lorsqu'elle se trouvait en face d'un gros con qui matait son décolleté avec des yeux frits et qui ne comprenait pas le sens du mot livre. Il lui était arrivé de filer du bureau d'embauche sans demander son reste. D'autres fois, elle avait dû se montrer plus conciliante parce qu'elle ne voulait pas qu'Antoine fût privé de ce qui faisait le quotidien de ses copains de classe. Elle avait rendu visite à toutes les bibliothèques, à toutes les librairies de la région. Pour s'entendre dire qu'il ne suffit pas d'aimer les livres pour travailler là, qu'il faut des qualifications, des diplômes. Parfois, certains plus charmants prenaient son nom et son adresse :

– Nous vous contacterons si nous avons quelque chose à vous proposer.

Ils ne rappelaient jamais.

5

Quand la journée tire sa révérence, que la librairie s'habille d'ombres malgré les lumières du printemps, quand s'amenuise le brouhaha créé par le va-et-vient des derniers clients pressés de rentrer chez eux, elle aime ausculter le silence retrouvé du magasin ; elle ferme les yeux et se laisse envahir par les mots qui s'échappent des livres posés sur les tables, qui se transforment en papillons pour voler dans la pièce et l'habiller d'histoires. C'était son rêve lorsqu'elle était enfant : se laisser submerger par la vie bourdonnante, en savourer chaque pépite. Elle se couchait sur son lit, dans le noir, et écoutait se lever autour d'elle ces petits bruits qu'on n'entend pas lorsque le quotidien s'agite ; les bouts de phrases, les souffles de vent derrière la fenêtre, le tintinnabulement du carillon de l'entrée, un étage plus bas, la voix de son père et celle plus flûtée de sa mère, un grincement par-ci, un craquement par-là, elle s'évadait dans ces méandres de vie avec un ravissement inquiet.

– C'est dans le silence qu'on peut parler à Dieu, avait-elle déclaré, un matin, en classe.

L'institutrice l'avait observée avec des yeux ronds pendant que ses camarades éclataient de rire.

Elle aimait par-dessus tout les matins de neige.

Elle les devinait dans son sommeil ; le fin murmure ouaté dans lequel la nature était enveloppée l'éveillait. Elle sautait du lit, courait vers la fenêtre, soulevait les rideaux et poussait un petit hurlement soyeux comme un flocon tant elle était heureuse. Le paysage qu'elle connaissait avait pris une dimension autre, plus intime, et semblait à l'arrêt. La danse de la neige descendant vers le sol en de lents mouvements émiettés donnait une densité singulière aux alentours. Elle collait le nez contre la vitre, se gavait du tableau jusqu'à en avoir froid, se laissait pénétrer par la quiétude du monde. Une joie intérieure et libératrice l'enveloppait comme le baiser de sa mère lorsque celle-ci venait la réveiller.

Ensuite, avec l'adolescence, elle s'est laissé prendre par le bruit. À gauche, à droite, sans cesse d'une activité à l'autre, elle a oublié la neige et les moments paisibles. C'est pourtant alors qu'elle a découvert le plaisir de lire et le bonheur que peuvent apporter les romans. Elle s'est réfugiée dans les livres parce que le silence la conduisait vers sa douleur de vivre et vers les sables mouvants de ses souvenirs où elle savait ne pas pouvoir avancer sous peine d'horreur immédiate. Ces œuvres dont les profs parlaient avec de grands mots vides au lycée et celles plus discrètes qu'elle découvrait au fil des semaines dans une librairie de seconde main lui offraient de s'échapper, d'être à la fois loin des bruits du monde et loin de sa fureur contre elle-même, lui donnaient de faire dans sa tête des voyages intergalactiques et de filer plus loin encore, dans les chambres privées de Dieu.

À trente-quatre ans, comme lorsqu'elle était adolescente, elle se laisse prendre par la main, emmener très loin et, aujourd'hui elle a, grâce à sa librairie, retrouvé un certain équilibre ; lorsqu'elle lit, il lui arrive de marquer un moment d'arrêt, de faire une pause, à l'écart du texte qu'elle tient en main, à l'écart d'elle-même, sur ces plages de silence où, enfant, elle aimait s'étendre et rêver.

Le récit qu'elle a entamé en début de journée la bouleverse. Elle retrouve, dans les phrases de l'auteur, sa propre histoire, avec une précision diabolique, comme si, par un tour de magie, cet homme qu'elle ne connaît pas avait eu accès à ses secrets. La femme qu'il décrit dans son livre lui ressemble tellement ! Et les événements que l'héroïne traverse lui rappellent son passé, ce jour où elle-même a fait la connaissance d'un voyageur attentif qui l'a prise par la main à un instant où sa vie tremblait.

Son fils l'attendra. Il a dix-sept ans et n'a plus besoin d'elle. Elle peut s'offrir de savourer son bonheur : ici, seule, en son jardin de livres, dans l'obscurité moirée du soir, comme si elle était assise dans une toile de Rembrandt à écouter la musique des phrases de cet écrivain de qui, hier encore, elle ne connaissait pas le nom. Le métier de libraire est souvent ingrat : comment lire ces romans qui paraissent à tour de bras, pourquoi élire un auteur plutôt qu'un autre ? Ce sont toujours les créateurs les plus discrets qui sont perdants à cette loterie et l'auteur découvert ce matin, malgré une écriture délicate, n'est pas de ceux qui font la une des magazines. Pourquoi a-t-elle choisi son livre plutôt qu'un autre ? À cause de la couverture sans doute, de cette jeune femme qui donne la main à un petit garçon, tous deux debout sur un quai de gare, présentés de dos, attachants, arrêtés là comme s'ils faisaient une pause dans leur vie.

Elle a lu la quatrième de couverture, a frissonné d'étonnement. Ce récit ressemblait à s'y méprendre à un épisode de son existence. Elle a déposé l'ouvrage sur le comptoir et est allée ouvrir la porte de la librairie. À neuf heures, les clients sont encore rares et, dans la lumière du matin qui glissait sur la vitre, elle a commencé à lire ce texte inattendu.

Lorsque le client aux yeux bleus est arrivé, elle avait déjà achevé deux chapitres, de plus en plus interloquée par ce que l'écrivain narrait, par les correspondances étroites qui semblaient se nouer entre les mots et sa propre existence. Il lui avait toujours semblé si étrange que, dans un livre, on pût se retrouver, comme en un miroir déformant, mais aussi révélateur de ce que, de soi, on préfère ignorer.

Elle songe à son séduisant acheteur, l'imagine découvrant comme elle le récit et n'y trouvant sans doute rien de ce qu'elle y pêche. Pour lui, il s'agit de l'histoire d'une femme qui perd la trace de son fils et qui panique, l'histoire d'une rencontre dans un train, celle d'un moment de vie qui permet de tisser une intrigue intérieure, finement ciselée, émouvante. Le soir se mêle de plus en plus à ses cheveux noirs, les intègre aux ombres qui s'alourdissent dans la rue. Il faut qu'elle rentre ! Même s'il est un joyeux drille, son fils s'inquiète de la savoir seule, dans son magasin, à une heure où le quartier commerçant se vide de la vie passante.

Elle glisse le livre dans un sachet, fait un dernier tour des lampes et envoie, comme chaque soir, un baiser aérien à son univers de lettres vives avant d'en fermer la porte à double tour. Entre son jardin de livres et son appartement, il y a seize minutes à pied. Elle connaît le trajet par cœur et, pourtant, chaque jour, il se renouvelle. Ce piéton adipeux qu'elle croise et qu'elle n'a jamais vu, cet enfant arabe qui court dans le petit square à quelques pas de la librairie, ces tulipes rouges et jaunes surgies d'un parterre complètement terne quelques semaines auparavant, ces bruits plus rudes en hiver comme si le froid les rendait rauques et, surtout, ces lumières qui baignent sa route au fil des saisons qui déroulent leurs couleurs, leurs odeurs et leurs charmes. Il s'agit souvent d'un détail : un coin de façade éclairé par le soleil rasant d'automne, une vitre qui reflète l'éclat de l'été, l'éveil du printemps qui se matérialise dans le vert fulgurant des platanes ou quand s'épanouissent, comme des jouets roses, les cerisiers du Japon plantés dans la rue parallèle à la sienne. Certains soirs, lorsque tombent les ombres, elle découvre d'autres aspects de ces demeures qui, le matin, semblent légères et accueillantes. Parfois, pour rejoindre son appartement, elle s'offre vingt, vingt-cinq minutes, s'arrête, contemple, quitte à paraître décalée dans un monde où il est de bon ton de se presser. Elle aime se donner le temps de parcourir son environnement comme on lit un livre, sans se précipiter, pour en goûter chaque saveur.

Ce soir, le printemps annonce les vêtements légers de l'été ; durant toute la journée, le soleil a gorgé les murs de chaleur et ceux-ci la renvoient, malgré l'obscurité qui s'insinue entre les toits. Elle avance d'un pas rapide ; l'ouvrage arraché à son jardin de livres et les mystères qu'il recèle, la curiosité passionnée et la crainte qu'a éveillées sa lecture l'ont sacrément mise en retard ! Son fils l'a-t-il attendue pour manger ou s'est-il résolu à sortir une pizza du congélateur ? Lorsqu'elle arrive en face de chez elle, la lumière brille dans la cuisine et dans le salon, généreusement gaspillée, sans douceur. Sacré bonhomme ! Il ne se déplace jamais d'une pièce à l'autre sans allumer tout sur son passage et, ensuite, il oublie d'éteindre les lampes qui ne lui sont plus utiles. Elle, au contraire, aime les clairs-obscurs, les ombres éclairées qui avancent les unes vers les autres avec des atermoiements d'amoureux qui n'ose pas se déclarer et elle se demande parfois qui a pu donner à son fils ce goût de l'éclat, ce manque de nuance, cette envie de brillant. Son père égaré transportait-il de la lumière crue dans ses gènes ?

Elle pousse la porte, est surprise par le volume

de la musique qui énerve la pièce.

– Maman ! T'es tombée le cul dans les bouquins ou quoi ? Tu sais qu'il est plus de vingt heures ?

– Tu nous as préparé à dîner ?

Il rit. Elle adore son visage qui transmet la jeunesse et la joie, sa tignasse noire et ses dents blanches qui feraient le régal d'un publiciste !

– En fait, oui. Je me suis réchauffé une délicieuse pizza quatre fromages et ça fait une heure que je la digère. Mais ne t'inquiète pas ! Je t'en ai gardé une part. Je te la file à condition que, demain, tu rentres plus tôt.

– Promis, dit-elle. Mets ta musique moins fort.

Le calme revient dans l'appartement ; elle rejoint la cuisine, prépare une salade pour accompagner son morceau de pizza, invite son fils à la rejoindre pour qu'il lui raconte sa journée au lycée. Quand il entre dans la pièce, il remarque le sachet qu'elle a posé sur un coin de la table, en extrait l'ouvrage.

– C'est lui qui t'a mise en retard ? demande-t-il, avec un sourire en coin.

– Tu sais, c'est une histoire incroyable ! L'auteur raconte presque mot pour mot ce que toi et moi avons vécu il y a plus de dix ans. Tu te souviens, le jour où Frédéric t'a fait monter dans un train où je n'étais pas…

Elle s'en veut aussitôt d'avoir fait allusion à son frère. Son fils se renfrogne et grogne doucement :

– Maman, tu sais bien que je n'aime pas que tu parles de lui.

6

Son fils l'attendait sur un quai de la gare du Midi, visiblement très amusé par ce que lui racontait une employée des chemins de fer. La femme coiffée d'un petit calot rouge et noir était blonde et grande ; elle tenait Antoine par la main et, avec son bras libre tendu vers l'avant, dessinait des moulinets, brassait l'air comme une éolienne. Le petit riait de bon cœur. Quand elle le vit, une vague de soulagement la submergea et elle courut vers lui sans s'occuper de son frère qui trottinait derrière en répétant qu'il n'y avait pas à se faire du mouron puisque tout était bien qui finissait bien !

Antoine ne la repéra pas tout de suite ; il était passionné par ce que la jeune femme lui expliquait. Il ne se tourna vers elle que lorsqu'elle lança son prénom dans l'air.

– Maman !

– Mon chéri, mon chéri.

L'employée des chemins de fer lâcha les doigts du petit qui vola vers elle. Il se jeta dans ses bras et lança cette phrase qui la figea net :

– Tonton Fred est un con ; il s'est gouré de train !

Son frère, qui les avait rejoints, entendit le verdict : con peut-être, mais pas sourd. Il ne broncha pas, mais elle nota son visage crispé. Le pauvre n'était pas souvent à la fête et si même les petits s'y mettaient… Elle voulut le défendre, répondit à son fils qu'il ne pouvait pas parler ainsi de son oncle, que les enfants se doivent de respecter les adultes. En même temps, elle le soulevait, approchait son visage du sien pour l'embrasser et, une nouvelle fois, sa réaction la surprit :

– Maman, je ne suis plus un môme ! Regarde, je me suis fait une nouvelle copine.

La blonde au calot rouge et noir éclata de rire. Elle devait avoir une vingtaine d'années et elle avait du charme.

– Vous avez un fils adorable, dit-elle avec une légère pointe d'accent flamand. Quand vous êtes arrivée, j'ai cru que vous étiez sa grande sœur.

Ce n'était pas la première fois qu'elle entendait ça. Ce genre de phrase la ravissait mais réveillait ce passé qu'elle préférait taire. Ce père évaporé. Ces longs moments de solitude avec un enfant qui l'interrogeait sur l'absent. Elle avait si souvent biaisé pour ne pas avouer la vérité : ce salaud l'avait larguée sans autre forme de procès. Avec un demi-sourire, parce que, dans l'autre moitié, il y avait trop de tristesse, elle répondait à Antoine qu'ils étaient heureux à deux et qu'au fond, il valait mieux pour tout le monde que ce père eût pris la poudre d'escampette. Ce mot qui pétait faisait rire le petit aux larmes et ça suffisait pour qu'il ne veuille rien savoir de plus. À la jeune femme, elle rétorqua qu'elle avait eu Antoine à dix-sept ans et que c'était un vrai bonheur d'être maman aussi jeune.

– Votre fils m'a dit qu'il avait six ans. Moi, j'en

ai vingt-quatre, je suis donc plus âgée que vous et je n'arrive pas à me décider. Je vous trouve formidable.

Complicité de femmes. Sourires épanouis sur un quai de gare. À côté d'elles, son frère était planté comme un arbre mort. Le petit s'impatienta.

– Maman, tu m'avais promis un resto. On y va avec ma copine ?

D'une main gentille, celle-ci caressa sa tignasse sombre, expliqua qu'elle travaillait et qu'elle ne pouvait pas les accompagner. Antoine fit la moue, mais sembla tout oublier quand le frère, à nouveau branché, annonça que, pour se faire pardonner, il l'invitait au McDonald's. Cri de joie du petit. Qu'aurait-elle pu ajouter ? Qu'elle tentait le plus possible que son fils s'alimentât de façon équilibrée et qu'elle savait que, dans ce type de resto, il choisirait d'engouffrer des frites et de la mayonnaise ?

Elle remercia la nounou des chemins de fer ; Antoine sauta au cou de celle-ci et l'embrassa. Il manqua de faire glisser le calot rouge et noir de la tête blonde. Il lui dit qu'en parlant elle roulait un peu les lettres comme les corneilles et qu'il adorait ça. La jeune femme sourit : on ne lui adressait pas souvent autant de compliments ! Ils s'éloignèrent, Antoine serrant la main de Tonton Fred à gauche, celle de sa mère à droite. Elle songea au voyageur qui avait accompagné sa détresse : elle aurait voulu qu'il fût là pour partager sa joie.

Cet homme tranquille et attentif l'avait troublée. Elle n'avait pas l'habitude que quelqu'un se montrât aussi présent, simplement là sans chercher à y trouver un quelconque intérêt. Elle tenta de se rappeler ses traits et fut déçue lorsqu'elle dut reconnaître que déjà ceux-ci s'estompaient, que le voyageur attentionné rencontré en un moment de stress ne lui laisserait qu'un vague souvenir et, cependant, elle sentait que cet homme-là et le regard qu'il avait posé sur elle avaient fleuri sa vie. Antoine avançait rapidement, entraîné par cet idiot de frère qui devait encore plus désirer se retrouver au McDonald's que lui ! Elle aurait aimé s'arrêter, débrancher le fil des événements qui se succédaient trop rapidement, retrouver et le passager paisible et sa disponibilité tranquille. Elle eut un flash, revit la couverture de l'ouvrage qu'il lisait, *Matins*, décida qu'en souvenir de cet homme, elle achèterait le livre, persuadée que celui-ci, comme un reflet, lui apporterait de celui qu'elle avait croisé une saveur, car elle qui aimait la lecture était sûre qu'un livre, quel qu'il soit, révèle toujours le parfum de celui ou de celle qui le lit.

C'était une idée que son frère qualifiait de fantasque, mais elle y tenait farouchement, même si elle n'osait guère en faire étalage autour d'elle. En classe, un de ses profs avait un jour lancé que les livres portent en eux quelque chose de leur auteur, voire, avait-il ajouté, la personne tout entière. Elle avait levé le doigt et demandé si un livre portait aussi quelque chose de son lecteur, ajoutant qu'elle tentait de comprendre pourquoi on était attiré par certains ouvrages plutôt que par d'autres avant même de les avoir lus. Le prof avait semblé surpris par son intervention et lui avait répondu de façon peu convaincante que son idée était originale, mais qu'elle ne faisait pas l'objet du cours. Une pirouette minable qui avait fait sourire certains et qui l'avait énervée, rendant sa conviction plus forte. Entre un livre et ses lecteurs, avant même qu'ils se croisent, il existe un fil invisible et magique qui les appelle à se rencontrer.

Pourquoi l'inconnu imprégné de sérénité lisait-il *Matins* ? Y avait-il, dans ce texte, de quoi se rapprocher de lui, de quoi mieux le reconnaître ? Même si c'était le cas, à quoi cela servirait-il puisque ce voyageur, jamais elle ne le reverrait ? À moins, se dit-elle, que la lecture du récit nous rapproche, sans que nous le soupçonnions, et finisse par nous ramener l'un vers l'autre ? Elle aimait s'abandonner à des pensées vagabondes, à la recherche d'une lune pour la guider dans un ciel semé d'étoiles inconnues. Elle fut tirée de ses pensées par la voix aiguë d'Antoine.

– Maman, tu vas nous réserver une table pendant que nous faisons la file ?

– Tu prends quoi ? ajouta son frère.

Elle les avait suivis jusqu'au snack plongée dans son ailleurs, là où elle se réfugiait quand le monde devenait trop sauvage à son goût. Elle observa son frère sans rien dire, se connecta au réel.

– Une grande salade, dit-elle, et un jus d'orange.

– C'est nul de manger une salade ici, lança Antoine. Tu veux même pas un hamburger ? Tu es malade ?

– Non, mon chéri, un peu fatiguée, c'est tout. J'ai cru que tu étais perdu et ça m'a brisé les nerfs.

– C'est tout maintenant ! Je suis là ! Et on mange !

– Et on mange ! renchérit son clown de frère.

Elle se dirigea vers une table libre et les observa dans la file devant le comptoir, l'un et l'autre à s'adresser des grimaces, son fils de six ans et son frère qui en avait vingt-cinq, si semblables dans la spontanéité alors qu'une génération les séparait. Elle aimait chez Frédéric sa capacité de ne pas grandir, son absence de sérieux, mais c'était aussi cela qui le menait à avoir des comportements irresponsables comme celui de tout à l'heure. Comme Antoine, il avait déjà tout oublié de l'inquiétude, avait retrouvé un présent dénué d'angoisse et de stress. Elle avait si souvent le sentiment d'être la seule à tenir le gouvernail de leur existence, son fils et Frédéric laissant dériver leur barque au gré des flots et des vents.

Ils la rejoignirent, les bras chargés d'un plateau débordant de cette nourriture qu'elle honnissait. La salade n'avait aucun goût, mais elle était fraîche. Elle l'avala lentement, tentant de rester attentive au discours ininterrompu de son fils ravi d'être ici avec Frédéric et elle, heureux que son oncle l'eût paumé dans un train parce que, sans ça, il n'aurait jamais eu assez de remords pour vider son portefeuille.

– Enfin, Antoine, on ne parle pas ainsi ! intervint-elle.

– Et pourquoi pas ? lança son frère, avec un sourire niais. Il dit la vérité…

– … qui sort de la bouche des enfants ! conclut Antoine en se léchant les babines.

Qu'aurait-elle pu faire d'autre que sourire ? Ces deux-là avaient le don de la ramener au réel, à ces petits détails qui permettent de garder les pieds sur terre. La vie l'avait tant déçue qu'elle avait une fâcheuse tendance à s'en éloigner, à s'échapper dans des songes qui la laissaient exsangue, loin des autres et d'elle-même. Combien de fois lui avait-on répété qu'il vaudrait mieux pour son équilibre qu'elle vécût moins perdue dans ses pensées. Ce prof qui, un jour, lui lança en classe :

– On aurait mieux fait de vous appeler Marylune que Maryline, non ?

Les autres avaient ri et le gros crétin blessant avait eu un sourire satisfait. Il s'appelait Lénard et la répartie était venue comme une flèche :

– À vous, Connard conviendrait mieux que Lénard.

Le silence s'était abattu sur la classe comme une gifle. Comment avait-elle osé ? Elle n'en revenait pas. Une mauvaise sueur lui coulait dans le dos. Il lui faudrait payer les conséquences de sa colère. D'une voix blanche, le prof avait murmuré :

– Nous sommes quittes, Maryline. Nous nous sommes chacun manqué de respect et je pense qu'il vaut mieux passer à autre chose.

Le cours avait repris sans que personne n'osât lâcher un commentaire. Ce jour-là, elle avait appris qu'on ne respecte que ceux qui se font respecter. Plus tard, elle avait compris qu'il faut aussi y mettre les formes, mais c'est une autre histoire.

7

Son fils a raison : parler de Frédéric, c'est entrer en zone interdite. Et, pourtant, il faudra qu'un jour, l'un et l'autre se décident d'aller plus loin, d'échapper à la chape de silence qui les écrase dès qu'on fait la moindre allusion à son frère. Sans lui, rien dans sa vie ne serait pareil et, aujourd'hui, elle ne serait pas l'heureuse propriétaire de son jardin de livres. Sans Frédéric, ses rêves seraient restés des éclats de lumière et cette librairie un nuage de fumée.

Antoine est assis dans le canapé et feuillette une revue. Le côté gauche de son visage est éclairé par la lueur ténue d'une lampe de chevet. Il a souvent râlé en déclarant qu'il se brisait la vue avec ces mini-éclairages, qu'il faudrait placer des spots dans cette pièce où les ombres ne cessent de perdre leurs petits. L'image l'avait fait rire, mais elle avait tenu bon. Elle aime ces éclairages indirects qui créent une atmosphère, des résonances. Quand elle aborde le sujet, Antoine hausse les épaules.

– Tes résonances, maman, je m'en fous ! Moi, ce que j'aimerais, c'est pouvoir lire mon magazine auto sans me briser la vue !

Elle l'observe ; malgré ses grognements et la fureur de ses dix-sept ans, son fils est quelqu'un de profondément doux. Sans doute à cause de ses blessures, car c'est souvent là qu'on apprend que la vie ne nous appartient pas. Et Antoine l'a appris dès son plus jeune âge : tu n'as pas de père, mon petit gars, mais une maman si frêle qu'elle ne sait pas comment t'aimer et un oncle plus gosse encore ! Et ensuite… Quand son enfance avait enfin trouvé des rails, quand elle, plus mûre, avait pu établir des choix, quand ils auraient pu se dire qu'ils allaient se poser, la vie encore avait mordu. Très fort. À même la chair. Avec des crocs acérés.

Elle va s'asseoir à côté de lui qui lève les yeux et sourit. Il a oublié sa réflexion de tout à l'heure. Elle a envie de lui parler de cette œuvre, de lui expliquer combien cette histoire est incroyable, mais elle sait qu'au moindre mot, il se rebiffera. Elle choisit de prendre la tangente :

– Je peux lire mon livre près de toi ?

– C'est un canapé deux places, non ?

Ils rient. Elle aime quand son fils la charrie. Quitte à briser cet état de grâce, elle décide de revenir à la charge.

– Excuse-moi d'insister, Antoine…

Il tourne vers elle un visage fermé. Il devine qu'elle va aborder le sujet tabou, fait un mouvement pour se lever, mais elle pose la main sur son bras et murmure :

– Excuse-moi, vraiment excuse-moi, mais j'ai besoin de te parler. Moi aussi je me sens parfois très mal.

Les yeux de son fils s'agrandissent. Il est si rare qu'elle se plaigne, qu'elle fasse même allusion à ses sentiments. Il se résigne, se laisse aller dans le canapé, prêt, cette fois, à l'écouter.

– C'est incroyable ! On dirait que l'auteur a vécu un événement semblable à celui que nous avons vécu, on dirait même qu'il connaît tout de ma vie. Le plus extraordinaire, c'est que les prénoms correspondent aux nôtres, tu imagines !

Cette fois, elle éveille un regard étonné.

– Tous les prénoms ?

– Oui.

Son fils se tait. Il l'observe pendant quelques secondes, hausse les épaules. Un petit pli se forme sur son front.

– Tu connais cet écrivain ? finit-il par demander.

– Non. C'est la première fois que je lis un de ses livres.

– Alors, c'est le hasard.

Pour lui, l'affaire est close. Il évite tout ce qui pourrait le perturber. La vie doit être lisse ; il en rejette les aspérités.

Maryline. Elle n'a pas été protégée du chaos. Ses parents distants, puis séparés la tirant chacun vers eux comme si elle était une couverture. Le peu d'attention qu'ils lui ont accordée pendant son enfance et le désastre de son adolescence lorsqu'un jour, tout a basculé. Et pour clôturer les ratages, cette aventure de quelques semaines qui a conduit à la naissance de son fils. Elle a tellement navigué en eaux troubles et, pour l'en sortir, il a fallu un malheur.

Elle se secoue. Elle a toujours détesté s'appesantir sur son sort. Elle se lève, avance vers la cuisine :

– Veux-tu que je nous prépare un thé ?

– À la menthe, avec beaucoup de sucre.

Elle sourit. Son fils la fixe avant de demander :

– Quand tu l'auras achevé, ce livre, tu me le prêteras, maman ?

Elle s'étonne, se retourne, observe Antoine. Il a toujours le visage éclairé par la lampe à sa droite et ça met en valeur sa peau mate, son teint hâlé. Ses yeux noirs brillent.

– Tu veux lire autre chose qu'un magazine auto ?

– Là, tu es vache ! Tu sais très bien que je ne lis pas que ça !

– Blague, c'était une mauvaise blague. Excuse-moi. Je termine le livre ce soir. Je te le passerai demain.

– Ça roule.

Elle prépare le thé à la menthe en s'interrogeant sur ce subit désir de son fils. Il est si rare qu'il lui demande un ouvrage à prêter et, quand il passe par sa librairie, c'est plutôt pour critiquer « ces tonnes de phrases inutiles qui ne permettent pas de changer le monde ». Pour lui, seule compte l'action. Ils sont différents, elle, rêveuse, pouvant arrêter son regard et sa vie sur un perce-neige ou sur le vol d'une mésange, lui, féru de chiffres et de techniques, éprouvant un besoin fou de rationnel et de faits tangibles.

Elle se promet d'en apprendre davantage sur

cet auteur inconnu. Pour découvrir ces résonances qu'elle aime tant. Pour mieux saisir ce qui, ce matin, parmi les nouveautés de l'office, a dirigé sa main vers les quatre exemplaires de ce texte arrivé chez elle sans qu'elle le choisisse, l'attirant, la scotchant, la bouleversant par la lumière qu'il diffusait. Il lui a suffi de quelques mots pour interpeller Antoine. Les mêmes prénoms, la même histoire. Comme si, à des années d'intervalle, l'écrivain avait réussi à capter leur mésaventure dans l'éther pour la transcrire sur le papier, comme si le souvenir de l'incident était resté dans l'air et qu'en une fine pluie il était retombé dans l'imaginaire de cet homme cherchant une idée pour débuter une nouvelle intrigue.

Le thé est prêt. Elle le verse, comme le lui a appris Leila, son amie algérienne. Elle réussit à ne pas tout éclabousser autour de la tasse comme elle le faisait au début. C'est le moment que choisit Antoine pour pénétrer dans la cuisine.

– Sacrée maman ! On se croirait dans le désert ! Tu as mis beaucoup de sucre ?

– Assez pour t'écœurer !

– Avec la menthe, ça passera ! D'ailleurs, je t'oblige à le goûter avant moi.

Leur complicité à nouveau. Ils rejoignent le salon. Antoine s'assied en face d'elle. Ils dégustent leur thé, s'observent. Ensemble, ils ont vécu de terribles épreuves et ça les a rapprochés, Antoine parce que sa mère a toujours été là pour le soutenir et elle parce que, sans son fils, elle n'aurait plus eu aucune raison de rester debout. Il a voulu lui faire plaisir ; pendant qu'elle était à la cuisine, il a mis un morceau de jazz, du Chet Baker dont la trompette imprègne l'atmosphère. Résonances avec les lumières dispersées.

Elle se sert une nouvelle tasse, se laisse aller dans le fauteuil, tente de trouver les mots les plus justes pour parler à son fils. Elle a un geste agacé, car elle se sent vide de tout. Antoine perçoit son irritation, lève les yeux vers elle et murmure :

– Oui, maman ?

– Antoine, nous vivons un moment important de notre vie.

– Pourquoi dis-tu cela ?

– Parce que je ne peux pas croire que j'aie ouvert ce livre par hasard.

Il ne réagit pas et elle sait qu'il est tiraillé entre le désir de l'écouter et celui de se boucher les oreilles pour n'entendre aucune allusion à son oncle, pour ne pas rouvrir la plaie vive du passé. Chet Baker achève un solo époustouflant. La pièce entière frémit du rire de sa trompette. Et leurs corps. Antoine choisit finalement de répondre :

– Je trouve incroyable que quelqu'un qui ne nous connaît pas puisse raconter notre histoire.

– Pas vraiment notre histoire, mais un événement très précis de celle-ci. Sais-tu qu'il parle même du McDonald's où nous sommes allés manger avec Frédéric ?

Antoine a un mouvement rapide des sourcils.

– Ce n'est pas possible… commence-t-il, mais elle l'interrompt :

– Ça fait plus de onze ans que Frédéric est…

– Tais-toi, maman, s'il te plaît, tais-toi ! Ne profite pas de ce fichu bouquin pour revenir là-dessus !

– Pourtant, mon chéri, il faudra bien crever l'abcès un jour.

Antoine est devenu livide et ses mains tremblent. Elle pousse un gros soupir qui retentit comme un coup de canon dans la pièce où Chet Baker s'est tu. Cette fois encore, elle cède. Elle a peur de lui faire trop mal. Elle ne peut pas retenir deux fines larmes. Antoine les remarque et, sauvage, donne un coup de poing sur la table basse qui les sépare.

– Putain, maman ! Faut pas qu'on en parle, faut pas… Merde, ce livre…

Sa phrase s'achève dans un sanglot ; il se lève et va se blottir dans le canapé, sous la lumière un peu jaunâtre du lampadaire. Elle regarde le grand corps blessé de son fils. Quand pourront-ils avoir une conversation à propos de Frédéric ? Ce récit inattendu lui a semblé un bon prétexte, ces phrases si proches de la réalité qu'ils ont vécue ce jour-là. Frédéric avait vingt-cinq ans, Antoine en avait six. Qu'est-ce que l'un et l'autre ont ri au McDonald's ! Elle les voit encore, assis en vis-à-vis et s'adressant des grimaces. Elle avait fini par s'en amuser et avait oublié cette nourriture qu'elle appréciait peu et la tête de linotte de son frère. Même s'il offrait à son fils une image excentrique du père, sans lui, Antoine n'en aurait pas eu. Elle avait participé à leurs jeux idiots. Elle n'oubliera jamais ces moments-là.

8

Après le dessert, Tonton Fred joua avec Antoine à raconter des blagues plus farfelues les unes que les autres. Elle les observait du coin de l'œil en sirotant un café trop sucré. Antoine narrait à Frédéric une histoire de grenouilles et, pendant qu'il parlait, l'autre grand niais les imitait, amenant leurs voisins de table à se tourner vers eux avec un demi-sourire. Ensuite, c'est son grand frère qui menait le petit sur les chemins de l'imaginaire, mimant des hommes préhistoriques en recherche d'un peu de pitance, joignant aux gestes des borborygmes et roulant des yeux. Antoine hurlait de rire.

– Avez-vous conscience de vous trouver dans un lieu public ?

– Bien entendu, nous sommes de joyeux troubadours et nous offrons gratis au peuple de quoi secouer ses zygomatiques !

– Tu as vingt-cinq ans, Frédéric !

– Oh, m'man, sois pas casse-bonbon ! Je me marre !

– Et la politesse, Antoine, tu l'as mise où ?

Ils se rembrunirent, devinant que, s'ils insistaient, la situation virerait à l'aigre. Elle éprouva un sentiment de mère trop sévère qui ne passe rien à ses enfants. À vingt-trois ans ! Plus tard, quand ils se retrouveraient seuls, son frère aurait beau jeu de lui affirmer qu'elle se montrait dure avec son fils, que celui-ci avait droit à de « sérieuses déconnades », pour reprendre une de ses expressions favorites.

L'agitation du lieu l'exaspérait aussi. Aussi finit-elle par leur proposer de bouger, d'aller faire une balade au centre.

– Nous irons dans les magasins, m'man ? Tu m'achèteras des trucs ?

– Ce n'est pas encore la période de Noël, mon chéri.

Antoine fit la moue, se tourna vers Frédéric, espérant trouver un soutien chez lui, mais celui-ci se montra prudent, ne broncha pas. Sa sœur ne roulait pas sur l'or et, même si lui avait de l'argent, il ne voulait pas la mettre mal à l'aise.

– On y va ? demanda-t-il.

Ils se levèrent, enfilèrent leur veste, rangèrent leur plateau et quittèrent le snack d'un pas rapide. Pendant des années, elle se repassa ces minutes-là en boucle, tentant de s'en nourrir jusqu'à la moelle, intensément, profondément et elle était certaine que son fils, sans jamais lui en parler, ne manquait pas d'en faire autant.

Arrivé sur le trottoir, Frédéric se tourna vers Antoine et lui lança sur le ton du défi :

– On voit qui de nous deux court le plus vite et on dépense les calories que nous venons d'ingurgiter ?

– S'il te plaît, Frédéric…

– Tu peux courir avec nous, sœurette ! Ça te fera du bien !

Et le voilà parti comme une flèche ! D'un geste un peu brusque, elle attrapa Antoine par le bras.

– Ça suffit ! Tu restes ici ! S'il veut faire le pitre, c'est son affaire !

Le petit se mit à pleurnicher, mais la scène s'arrêta net. Il y eut une coupure dans le film, un énorme blanc sur la page. Sous la forme d'un brusque coup de frein et du choc mat d'un corps sur une vitre. Éclats de verre. Leurs vies se conclurent là. Elle n'avait rien vu et, pendant quelques secondes, elle put croire n'importe quoi. Elle ne pouvait plus avancer et Antoine, arrimé à elle, ne bougeait pas un cil. Autour d'eux, les gens couraient vers le lieu de l'accident, le coin de la rue vers lequel Frédéric avait filé sans se retourner.

C'était lui.

Ça ne pouvait être que lui.

Qui aurait été assez inconscient pour traverser la rue sans regarder à gauche, à droite ? Il avait surgi entre deux voitures à l'arrêt. Le conducteur qui arrivait un peu vite n'avait pas pu l'éviter. Le genou gauche contre le pare-chocs, le corps soulevé par la collision et le visage venant buter contre le pare-brise avant de s'envoler plus haut et de retomber sur la chaussée. La tête vilainement de travers, une grimace tracée sur les traits comme un reste de surprise et, coulant des oreilles, du sang, comme un requiem. Insoutenable.

– Frédéric !

Elle s'était éveillée, avait volé vers le lieu du drame en serrant Antoine contre elle, était arrivée comme un boulet dans l'attroupement de badauds, les avait bousculés pour atteindre l'épicentre, le corps tordu de son frère et tout près, soutenu par deux passants, appuyé contre la portière ouverte de sa voiture, le conducteur blême et tremblant, mort lui aussi, même si c'était autrement.

– Frédéric ! Frédéric !

Cette fois, c'était Antoine qui avait crié. Plus fort qu'elle encore ! Plus désespérément. Elle n'avait pas pu le retenir et il était parti comme un bolide vers le corps de celui qui, quelques secondes plus tôt, lui proposait un cent mètres. Elle avait vu un homme retenir le petit par le bras, le ceinturer, tenter de le calmer en criant « Mais, putain, à qui est ce gosse ? » Elle n'avait été capable ni de bouger, ni de répondre. Elle s'était évanouie.

– Madame, madame, ça va ?

Un visage de femme était penché sur elle et une main lui secouait l'épaule.

– Madame ?

Elle avait retrouvé ses esprits avec une rare violence, comme si la foudre l'avait frappée. Elle s'était redressée en poussant un cri :

– Antoine ! Où est mon petit ?

– Ne vous inquiétez pas. La police vient d'arriver et il a été pris en charge. Il est là-bas, dans la voiture blanche.

Elle avait couru. Que faisait-elle d'autre depuis le début de la journée ? Ses jambes la soutenaient à peine, mais le désespoir la tenait debout.

– Antoine !

Il était assis dans la voiture, les yeux vidés de toute expression. Une jeune femme en uniforme de la police lui tenait la main, lui parlait doucement. Leurs yeux se croisèrent.

– Je suis sa maman. Comment va-t-il ?

– Il est sous le choc.

La phrase la ramena à la réalité. Depuis qu'elle avait repris ses esprits, elle n'avait pas songé une seconde à Frédéric. Les derniers mots de son frère lui explosèrent dans la tête : « Tu peux courir avec nous, sœurette ! Ça te fera du bien ! » Ensuite, l'image de son corps tordu sur la chaussée et des filets de sang s'échappant de ses oreilles. Son regard inhabité, ses yeux à jamais fixés sur la voiture s'apprêtant à le percuter et peut-être aussi sur le visage horrifié du conducteur de celle-ci. Elle eut un hoquet, se sentit faiblir, mais la présence d'Antoine lui permit de ne pas plonger. Hormis elle, le petit n'avait plus personne. Elle n'avait pas le droit de l'abandonner. Elle se mordit la langue jusqu'à se faire saigner ; la douleur et le goût âcre du sang la ranimèrent.

– Mon frère ? réussit-elle à demander.

– Vous parlez de la victime ? Ce monsieur était votre frère ?

L'imparfait utilisé par la jeune femme la tétanisa. Elle réussit à acquiescer, mais impossible de sortir un mot. Il fallait qu'elle demeure muette pour ne pas mourir, écœurée de tout, physiquement incapable d'exprimer la réalité. La jeune femme devait éprouver la même difficulté.

– Les médecins n'ont rien pu faire pour le sauver. Je suis désolée.

C'est à cet instant-là qu'Antoine tourna la tête vers elle. Avait-il entendu, avait-il compris la phrase définitive ? Son clown d'oncle était mort à vingt-cinq ans, victime de son insouciance. Ses yeux semblèrent se rhabiller d'un peu de vie et il murmura le mot « maman », se jeta dans ses bras et se mit à sangloter avec frénésie. Les ténèbres n'auraient pas pu hurler avec plus de fureur.

Elle songea que tout eût été différent si Frédéric n'avait pas fait monter Antoine dans un mauvais train ; ils ne seraient jamais allés jusqu'à Bruxelles-Midi, ils n'auraient jamais décidé de se rendre au McDonald's, ils... Pendant que son petit continuait à se tordre de douleur contre sa poitrine, elle se sentait rétrécir de l'intérieur : un détail, une seconde et votre chemin de vie bifurque, une trappe s'ouvre sous vos pieds et engloutit vos espérances. Elle se retrouvait seule désormais pour faire de son Antoine un homme, pour le guider vers le bonheur.

– Madame, excusez-moi...

Elle tourna les yeux vers la voix. Un policier était penché vers la banquette de la voiture. Il l'observait d'un air contrit et embarrassé, ne sachant pas comment s'adresser à elle et à son malheur.

– Excusez-moi, répéta-t-il.

La jeune femme prit le relais, dit que, là-bas, ils avaient besoin d'elle, qu'ils voulaient savoir si elle désirait accompagner le corps, qu'on s'occuperait du petit, mais elle secoua la tête, non, non, elle ne pouvait pas en faire plus, elle souhaitait seulement laisser Antoine pleurer dans son giron, elle verrait ensuite, il fallait qu'on la laisse refermer les bras sur la souffrance de son fils. Elle demanda d'une voix sourde :

– Pouvez-vous me raccompagner jusque chez moi ?

9

Ce matin, après avoir ouvert la porte de la librairie, elle prend peur. Si tous les livres qui reposent ici étaient semblables à ce texte vampire qui lui a sucé le sang ? Si tous les auteurs qu'elle aime n'étaient là que pour la ramener vers la douleur ? La nuit a été brève. Et blanche. Après avoir achevé le récit, elle est restée dans son lit, couchée sur le dos, les yeux ouverts plongés dans le passé, à chercher des détails tout en désirant sortir au plus vite de ces tremblements de vie. Elle a entendu les premiers oiseaux qui chantaient pour annoncer l'aurore, les premiers bruits du monde qui s'éveille et elle a vu la lumière soulever ses voiles de nacre sur le matin.

Elle est fatiguée. C'est samedi. Antoine dormira sans doute jusqu'à midi. Peut-être plus tard aujourd'hui qu'un autre jour. Ça fait onze ans qu'il fuit quand elle lui parle de Frédéric et de sa mort atroce. Ça fait onze ans qu'il construit un rempart entre cette face de la réalité et lui. Elle a abandonné le livre sur la table du salon. Que ressentira-t-il s'il décide de le lire, d'y plonger sa vie ? C'est samedi et le samedi, il y a du monde dans son jardin de livres. Certains s'offrent cette journée pour vaquer entre les tables, toucher les ouvrages, les feuilleter, les renifler parfois.

Comme la veille, le ciel est bleu et, malgré l'heure matinale, la lumière a déjà pris possession du coin où elle accueille ses clients.

En avançant vers le comptoir, elle repère les deux derniers exemplaires du livre posés sur une table. Elle n'a pas besoin de fermer les yeux pour retrouver l'histoire qui la hante. La jeune femme se retrouve seule avec son fils. Antoine et elle dans son appartement, abasourdis d'horreur. Elle a lu le chapitre jusqu'à la fin. Le texte de cet auteur la dévore. L'histoire s'achève abruptement sur la mort du héros. Éclaté contre un pare-brise, tordu sur le bitume. On voudrait en apprendre davantage, mais il semble que l'auteur n'ait pas pu aller plus loin, comme si la mort de ce Tonton Fred avait vidé son stylo jusqu'à la moelle, comme si lui-même ne savait pas où conduire ses personnages.

Elle est ramenée à la réalité par la question d'une cliente.

– Je cherche un livre pour ma fille, un roman de Michèle Marineau, une auteure québécoise. Pourriez-vous me renseigner ?

Elle retrouve des automatismes, entame une recherche sur son ordinateur, informe la femme, mais elle n'est pas vraiment là, toujours dans ce roman miroir de la journée la plus horrible de sa vie. Lorsque la cliente s'en va, elle reprend l'histoire dans sa tête, là où elle l'a laissée, mais, bientôt, son attention est attirée par une présence : une personne attend, à quelques mètres du comptoir, dans la pénombre. À cause du store qu'elle a descendu, la lumière n'atteint pas ce coin-là. Dans les traits de celui qui lui sourit, elle reconnaît l'homme aux yeux bleus de la veille. Elle se sent rougir, prise par une émotion qu'elle ne contrôle pas. Il avance de quelques pas et son visage glisse dans la clarté. Elle a envie de se poser dans son regard azur.

– Le livre que je vous ai acheté hier m'a bouleversé. J'y ai retrouvé un épisode de ma vie.

Elle ne peut pas contenir une exclamation de surprise. L'homme le remarque et une question naît sur ses lèvres. Elle lui répond avant qu'il ne parle.

– Moi aussi, explique-t-elle, j'ai revécu un événement personnel en lisant cette histoire.

Elle ne peut pas en raconter davantage ; pas question d'inviter ce client dans sa vie intérieure et surtout pas dans le séisme qui l'a secouée lors de la mort de son frère. L'homme aux yeux bleus demeure discret et ne cherche pas à en apprendre plus. Cependant, elle sent qu'il a envie de parler, de revenir à ces pages qui semblent avoir labouré de douloureux souvenirs. Elle décide de l'y aider. Peut-être ses mots la détourneront-ils de son obsession à elle.

– Ce livre est donc magique. Que vous a-t-il rappelé ?

– Il y a des années de cela, raconte-t-il, j'ai été le témoin d'un accident terrible. Un homme renversé par une voiture et tué sur le coup. Presque exactement ce que l'auteur décrit dans son récit ; la scène m'a fait monter les larmes aux yeux et l'émotion de jadis a resurgi, intacte. Je me souviens du bruit qui m'a fait tourner la tête, j'ai vu un corps passer au-dessus d'une auto. À l'époque, j'ai fui ! Des personnes s'occupaient de la victime. Je n'ai pas eu le courage de rester sur place, de voir peut-être la douleur d'un proche présent sur les lieux. Je n'en ai pas dormi pendant deux nuits ; j'éprouvais un terrible sentiment de lâcheté et, cependant, je n'aurais rien pu faire pour aider ce malheureux. Ma lecture a éveillé des sentiments que j'avais oubliés. Ce livre m'a anéanti.

Elle ne peut pas prononcer un mot. Pendant que l'homme parlait, pour trouver une contenance, elle s'est concentrée sur les mouvements de la lumière dans sa vitrine. Malgré le store qu'elle a baissé dès l'ouverture du magasin, le soleil réussit à se faufiler parmi les ombres et elle craint qu'il n'abîme les ouvrages exposés. L'homme parlait et elle se disait qu'il faudrait qu'elle bouge le roman d'Erik Orsenna de quelques centimètres vers la gauche, qu'elle devrait également déplacer le gros volume d'Anna Gavalda si elle ne voulait pas qu'à la longue les couvertures soient impitoyablement marquées par la force de la lumière. Il s'est tu et il attend, étonné, semble-t-il, par la statue qui lui fait face. Si elle parle, elle pleure. Elle se détourne, se mouche, tente de se retrouver :

– Excusez-moi, murmure-t-elle, excusez-moi…

– Vous ai-je blessée sans le vouloir ? demande l'homme et ses yeux bleus virent au gris.

– Ce n'est rien. Le livre m'a aussi beaucoup touchée, voilà…

Cette fois, les larmes coulent sur ses joues et elle ne cherche plus à les retenir.

– Je vous demande pardon, je...

– Laissez, ça va aller, ça va aller.

Une cliente fait tinter la clochette de la porte, une habituée, une amie. À force de parler de ses lectures, on se rapproche. Elle remarque l'émotion de la libraire, ses yeux s'agrandissent de surprise. Personne n'a l'habitude de la voir dans cet état.

– Maryline, demande-t-elle, ça va ?

– Ne t'inquiète pas.

À côté des deux femmes, le client n'en mène pas large. Il recule de quelques pas, s'apprête à quitter l'endroit comme un voleur désirant faire oublier sa présence. Elle s'en veut, retrouve des forces, le rattrape d'un mot :

– Monsieur !

Ses yeux bleus se posent sur son visage. L'homme est désemparé et elle s'en sait responsable.

– Vous n'y êtes pour rien, précise-t-elle pour s'excuser. Je suis désolée.

Il ébauche un sourire, mais, subitement, ses yeux s'arrêtent sur elle et la fixent avec intensité.

– Vous vous prénommez Maryline comme dans le récit, murmure-t-il.

– Et mon frère a été renversé et tué par une voiture, il y a onze ans, achève-t-elle.

Pourquoi lui a-t-elle révélé cela ? Elle ne sait rien de cet homme, outre le trouble qu'il éveille en elle. Est-ce la lumière qui éclairait le bas de son visage et sa chemise bordeaux, est-ce le ton si doux qu'il a utilisé pour prononcer sa phrase, est-ce la présence de son amie qui lui en a donné le courage ? Peu importe ; elle se sent plus forte, comme si elle acceptait la réalité, comme si dire le malheur plutôt que le pleurer permettait de l'éloigner. L'homme est ému.

– Vous… commence-t-il…

– Je ne sais pas, murmure-t-elle, je ne sais pas…

– Vous connaissez cet écrivain ? ajoute-t-il.

Antoine lui a posé la même question, la veille !

– Non, non…

L'amie pose une main sur son bras.

– Excuse-moi, Maryline, mais je ne comprends rien. De quoi parles-tu avec ce monsieur ?

– D'un texte que nous avons lu et qui nous a bouleversés. Tu sais ce que j'ai vécu. Eh bien, c'est écrit dans un livre.

L'amie l'observe. Elle lit de l'incompréhension sur son visage.

– L'histoire de Frédéric ? murmure-t-elle sur un ton circonspect.

– Tout à fait, la mésaventure d'Antoine qui est monté dans un mauvais train et, ensuite, l'accident. Même le McDonald's est mentionné. À quelques détails près, tout est rigoureusement exact. Sans compter d'autres précisions qui donnent l'impression que l'auteur connaît ma vie.

– C'est impossible !

– L'accident s'est déroulé près de la gare de Bruxelles-Midi ? intervient l'homme. Comme c'est mentionné dans le livre ?

Elle acquiesce.

– Mon Dieu, s'exclame-t-il, mon Dieu ! Et il est survenu un mercredi après-midi d'octobre ? Un 25 octobre…

Les deux femmes tournent vers lui le même visage atterré. Doit-il en raconter plus pour qu'elles comprennent qu'il était là, quelque part parmi la foule des badauds ? Même s'il a fui parce qu'il ne supportait pas l'horreur, il a pu voir le corps tordu de Frédéric, l'angle étrange formé par sa tête et le sang qui s'échappait de ses oreilles.

Elle observe ce client qu'elle a trouvé sympathique dès qu'il a pénétré dans la librairie, ses yeux bleus, son visage doux ; elle se souvient de leur première conversation, de l'amour pour les livres qu'il lui a avoué. Comment le hasard – mais est-ce le hasard ? – l'a-t-il conduit chez elle ?

– Je travaillais dans les bureaux des chemins de fer, à Bruxelles-Midi. J'étais sorti plus tôt, ce jour-là. Je ne vous ai pas aperçue. Je suis désolé.

Elle note l'ambiguïté de la phrase. L'homme l'a-t-il fait exprès ? Personne n'ajoute rien.

– Excusez-moi, dit l'homme, excusez-moi vraiment d'avoir remué ces souvenirs en vous.

– Vous n'y êtes pour rien, répond-elle, vous n'êtes pas l'auteur de ce livre. Il faut que j'apprenne comment cet écrivain a pu transcrire cet épisode de ma vie avec une telle exactitude.

– J'aimerais que vous me teniez au courant. Puis-je me permettre de vous laisser mes coordonnées ?

La proposition lui fait plaisir, mais, du fond d'elle, monte la peur. Elle a décidé de ne plus s'attacher à un homme et celui-ci est décidément trop charmant.

– Bien entendu, répond-elle sur un ton plus froid qu'elle ne l'aurait voulu.

Elle saisit la carte qu'il lui tend, note qu'il habite à l'autre bout de la ville.

– C'est parce que vous habitez si loin que vous n'êtes jamais venu par ici.

– C'est vrai, je ne fréquente pas votre quartier. Un rendez-vous m'a conduit dans le coin hier et j'ai été charmé par votre librairie. L'agencement de la vitrine et cette image de vous lisant, baignée dans la lumière du matin.

Elle ne lui répond pas ; elle a envie qu'il reste là, qu'il ne bouge plus, qu'il la protège. Bien entendu, ça ne s'avoue pas.

– Eh bien, au revoir, murmure-t-il.

– Au revoir.

Il se retourne, avance vers la sortie. Elle le regarde disparaître dans le puits de lumière de la porte.

– Il est séduisant, murmure son amie, tu le connais depuis longtemps ?

10

Le texte s'achève comme un coup de poing par la mort de Frédéric. L'auteur ne dit rien d'elle, de ce qu'elle devient, ni de son fils, de ce qu'ils endurent. L'auteur termine son histoire sur un blanc, comme s'il ne savait pas comment la conclure.

Ce jour-là, il a imaginé qu'elle était restée avec Antoine collé contre elle, avec les policiers désemparés et trop gentils, avec les médecins et les ambulanciers, avec près d'elle, durant un moment, le corps tremblant du conducteur en larmes, implorant son pardon, répétant qu'il n'avait pas pu freiner à temps, que Frédéric avait surgi entre deux voitures, que... Les ambulanciers avaient emmené le pauvre homme. L'insouciance de son frère avait détruit plusieurs vies.

Le récit se termine sur ce blanc et la réalité a écrit la suite d'une histoire que l'auteur ne pouvait pas connaître. Elle s'était retrouvée chez elle sans trop savoir comment ; il fallait se montrer forte, tenir la tête hors de l'eau. Pour Antoine, pour qu'il puisse vivre après ça. Pour qu'il puisse rire encore et croire au bonheur, être un enfant comme les autres, malgré son innocence poignardée. Le livre ne raconte pas les moments vides où la vie lui a semblé un gouffre, ceux où même l'avenir d'Antoine ne comptait plus, l'absence de rêve et d'espérance.

Le texte s'arrête sur une collision et le lecteur ne sait plus rien d'elle ; il doit imaginer sa descente aux enfers et, s'il est optimiste, penser qu'elle a vécu une lente remontée vers la lumière.

Frédéric qu'on enterre, Frédéric l'aventurier qui a eu de la chance en affaires et dont elle et Antoine héritent puisqu'ils sont sa seule famille. Elle, soudain, à la tête d'une grosse somme d'argent, elle qui a été habituée à vivre avec le minimum et à qui la mort de Frédéric permet de réaliser ses rêves.

Le récit ne dit pas qu'au début, elle n'a pas osé toucher à cet argent, mais la vie n'aime pas qu'on l'étouffe. L'auteur ne sait pas que, des mois plus tard, elle a acheté *Matins*, l'œuvre que lisait le passager rencontré et oublié après l'accident mortel de son frère. Un jour, une vitrine de librairie et, dans celle-ci, mis en évidence le livre entrevu dans le train.

Elle pénètre dans la boutique, un lieu sombre où les livres semblent dormir. Le libraire est assis parmi les piles de romans et leur ressemble : il donne l'impression d'attendre que l'enterre la poussière. Elle demande *Matins* et l'homme sourit : ce livre-là, il l'aime beaucoup et c'est pour ça qu'il l'a placé en évidence dans sa vitrine. Ce livre-là parle d'espérance.

– Vous connaissez l'auteur ?

Elle avoue que non et elle raconte l'anecdote du train, vieille de plus de six mois, qui lui donne envie de connaître ce texte, pour retrouver, pense-t-elle, son dernier instant de joie avant le grand vide. Le libraire semble comprendre sa quête. Il se lève, se déplace vers la vitrine, car c'est le seul exemplaire qu'il possède.

– Excusez-moi, précise-t-il, le soleil a légèrement décoloré la couverture. Voulez-vous que je vous en commande un autre, mais il faudra patienter huit jours… Je vous fais dix pour cent de remise. Ça vous convient ?

Elle aime le temps qui a mangé le livre. Il a un goût de vécu, comme s'il avait vieilli, comme s'il avait pleuré pendant six mois cette journée horrible. Elle aime le côté boiteux de l'exemplaire que lui tend le vieux libraire parce que l'ouvrage ressemble mieux à sa vie, abîmée comme cette couverture trop longtemps exposée à la lumière.

– Je prendrai celui-ci. Il a vécu…

Le vieil homme sourit et, dans un élan du cœur, déclare :

– Je vous l'offre. Ce livre vous appartient depuis que vous l'avez vu ; je vous ai observée à travers la vitre. Votre regard s'est éclairé. Je me suis demandé quel titre vous transfigurait ainsi. Je vous l'offre pour le plaisir que vous m'avez donné en aimant ce livre avant même de l'avoir lu.

Le récit ne dit pas que le vieux libraire est essoufflé après sa tirade, car cette histoire-là est bien réelle. Ni tout ce qu'elle a vécu ensuite : la complicité née entre cet homme couvert de la poussière des livres et elle amoureuse de jardins de papier et d'histoires.

Elle était rentrée chez elle avec l'ouvrage sous le bras. Antoine était à l'école et elle avait pu se plonger sans attendre dans les phrases de *Matins*. Comme son titre l'indiquait, le livre parlait d'aurore, racontait l'histoire d'un homme recevant chaque journée comme un cadeau, s'offrant le monde et ses merveilles au petit déjeuner et dégustant avec fébrilité ces minutes d'éveil. Les phrases de l'auteur avaient quelque chose de doux et d'apaisant qui la réconciliaient avec elle-même. Les mots de cet écrivain inconnu lui ouvraient l'horizon ; il s'agissait, selon lui, de ne pas demeurer centré sur soi, mais de s'offrir à l'autre, de s'y abandonner pour mieux le recevoir, et cet autre, ajoutait-il, celui qui nous dépasse, c'est Dieu pour ceux qui veulent le nommer ainsi, ou la vie. Elle songea à elle, recroquevillée depuis plus de six mois sur son malheur, sur le désastre de son existence depuis la mort de son frère. Une phrase de l'auteur la taraudait : « Pendant que tu penses aux ombres de ton existence, tu ne t'émerveilles pas du soleil qui se lève chaque matin. »

Quand Antoine était rentré de l'école, elle était encore occupée à lire. Pressée par les mots, elle avait oublié de lui préparer son goûter. Il l'avait ramenée au réel par un cri :

– Maman, où est mon cacao ?

C'était, entre eux, une habitude sacrée. Chaque jour, quand il revenait à la maison, elle l'attendait avec un bol de chocolat chaud et des biscuits. Ils s'asseyaient l'un en face de l'autre et ils se racontaient leur journée. Antoine lui avait avoué adorer ces instants-là et, quand il avait poussé son cri, elle s'était expulsée du canapé et s'était confondue en excuses :

– Tu sais, mon chéri. J'ai trouvé le roman que le voyageur lisait dans le train le jour où...

Elle s'était interrompue, car, si elle avait poursuivi sa phrase, elle aurait dû faire allusion à la mort de Frédéric et, chaque fois que ça arrivait, Antoine se cabrait et entrait dans un long moment de mutisme.

– Le jour où quoi ? avait-il questionné.

Elle avait esquivé.

– Tu étais trop petit à l'époque, tu ne dois pas te souvenir. Vite, ton cacao !

Antoine n'en avait pas demandé davantage ; il avait trop envie de son goûter pour remarquer qu'elle lui mentait. Mal à l'aise, elle en avait rajouté :

– Tu sais, j'ai toujours tellement aimé lire ! Je me suis laissé avoir. Pardon, pardon !

– Il faudrait que tu travailles dans une bibliothèque ou dans une librairie plutôt que de faire des intérims pourris.

Elle avait frissonné. Son gosse n'avait pas sept ans et ce n'était pas la première fois qu'il plaçait le doigt là où ça faisait mal. Sans comprendre la portée de ses paroles.

– Pour être bibliothécaire, il faut une formation et un travail dans une librairie ne se déniche pas en claquant des doigts.

Elle avait eu une pensée pour le vieux libraire poussiéreux et charmant. Ce n'était pas avec le passage qu'il y avait dans son antre qu'il aurait pu engager quelqu'un ! Elle avait souri ; elle retournerait là-bas. La bonhomie du personnage l'avait conquise.

Le récit ne dit pas ce qui a suivi. Ses visites de plus en plus fréquentes chez le libraire, l'amitié née entre eux et ce jour d'automne où il lui a avoué qu'il désirait lâcher sa boutique pour aller rêver chez lui et pour découvrir ces livres qu'au fil des ans, il avait accumulés au coin du feu et qu'il n'avait jamais eu le temps de lire.

Elle a osé se montrer intrépide, changer de vie. Le récit ne raconte pas les nuits blanches qu'elle a passées avant de se lancer. L'argent de Frédéric dormait à la banque. Sacré. Intouchable. Destiné à son fils. Tabou. Ce fut Antoine qui la libéra en une phrase dont il avait le secret. Le soir même de ses sept ans, alors qu'elle et lui soufflaient les bougies du gâteau au chocolat qu'elle lui avait préparé.

– Maman, ce serait bien que tu reprennes la librairie du vieux monsieur dont tu me parles tout le temps ! Ça te rendrait heureuse et ça me ferait plaisir.

– Avec quel argent, Antoine ?

Il s'était rembruni.

– Tu sais bien qu'on en a.

Le récit ne raconte pas son bonheur de se retrouver dans ce lieu hanté par les mots de si nombreux écrivains, en plein centre-ville, à quelques pas du marché dominical. Émue, bouleversée, incrédule devant la vie qui reprenait son souffle et devant le vieux libraire heureux que son univers ne se terminât pas avec lui.

À vingt-quatre ans et quelques mois, elle pénétra seule dans son jardin de livres. Elle entra dans la boutique à pas feutrés, comme une voleuse, incapable de se persuader qu'elle en était la propriétaire. Le libraire avait rejoint son mas de pierres chaudes dans la région d'Arles, avec des caisses de livres et du bonheur à vivre. Pendant des mois, elle et lui avaient travaillé ensemble et, grâce à sa patience, elle avait appris du métier ces ficelles qu'on ne peut tirer sans l'aide d'un homme d'expérience. Et elle, enthousiaste, émerveillée, avait dépoussiéré le lieu, l'avait ravivé. L'homme avait ri quand elle lui avait proposé de tout repeindre, de tout éclairer, d'utiliser la pièce du fond, de baptiser la librairie *Matins* comme ce roman qu'ils appréciaient tous deux.

– Ce sera toujours mieux que la « Librairie du centre », non ? avait-elle demandé, ingénue, avec la crainte de blesser le vieil homme.

Il avait souri, avait répondu :

– Que tes ailes te servent à voler, ma petite. Tu seras bientôt la seule maîtresse de ce lieu et je sais que tu t'en occuperas bien.

Le récit ne dit pas sa confiance retrouvée ; le récit s'arrête là où la vie fait mal, sans doute parce que son auteur n'a pas pu imaginer combien parfois, au départ du malheur, naît de la lumière.

11

C'est samedi et, entre dix heures et midi, c'est la ronde des clients entre les tables de la librairie *Matins*. Ils vont et viennent, choisissent un livre, hésitent, l'abandonnent, en prennent un autre, s'y attardent avec un regard curieux qui, parfois, s'illumine, intéressé, étonné, avide. Certains, avec deux ou trois ouvrages en main, lui demandent conseil, hésitent encore avant de se décider pour le volume dont elle a parlé avec le plus d'entrain. D'autres, pragmatiques, ont fait des recherches avant de lui rendre visite et s'approchent, sans détour, du comptoir pour lui demander le titre convoité, sans même chercher, parmi les tables, où il se trouve. Elle s'efforce de satisfaire tout le monde rapidement et déteste que des files se forment devant sa caisse. Elle accélère alors le mouvement, résume ses avis sur les livres à quelques remarques rapides, s'excuse de ne pas pouvoir en dire davantage et regrette en elle-même que les gens choisissent le même jour pour faire leurs achats. Elle n'a pas le temps de s'émouvoir sur son passé, pas plus qu'elle ne peut s'attarder sur les coïncidences extraordinaires qu'elle vit depuis l'apparition du récit dans son jardin.

Le client aux yeux bleus est sorti, complètement ahuri, visiblement très secoué par la découverte des liens tissés entre le livre et elle. Il s'est excusé de lui avoir rappelé des souvenirs aussi pénibles ; ses yeux bleus ont viré au gris, malgré la lumière qu'il avait rejointe en reculant de quelques pas pour se trouver dans l'entrée de la librairie où le soleil donne parce que aucun store ne le contient. Elle avait envie qu'il reste là, envie de partager avec lui son passé, mais ce n'était ni le lieu, ni le moment. Il s'est faufilé dans l'éclat de clarté où baignait la porte pendant qu'elle répondait un oui énervé à une cliente pressée de savoir si le dernier Goncourt était un bon cru et si elle pouvait l'offrir sans danger à un amateur de phrases gouleyantes.

Son amie reste quelques minutes après le départ de l'homme, mais elles n'ont guère le temps de parler ; c'est tout à coup la cohue au comptoir. C'est ce qu'elle aime le moins dans le métier : ces moments de pression où elle a le sentiment que les livres sont assimilés à des produits de consommation.

Elle se tourne finalement vers celle qui n'a pas pu saisir tous les fils de son aventure et qui voudrait plus de détails. Qui est ce séduisant client aux yeux très bleus et d'où sort-il ?

– Lis le récit, lui dit-elle ; je l'ai conseillé hier à ce monsieur, sans savoir qu'il lui ferait autant d'effet. Comment est-il possible qu'il se soit trouvé sur les lieux de l'accident ? Toute cette affaire tient du délire ! On dirait que cet auteur a pénétré dans ma vie. Je voudrais en apprendre plus à son sujet. J'irai voir tout à l'heure sur le web.

L'amie s'en va avec le livre sous le bras, lui promettant de le lire dans la journée.

– J'ai rendez-vous chez la coiffeuse, j'aurai du temps, je t'appelle ce soir.

La journée passe comme une course-poursuite. Est-ce parce qu'elle n'est pas présente à ce qu'elle fait que tout lui semble envahissant ? Elle songe à l'homme qui a quitté son jardin de livres comme un coupable, à son regard terni par le désarroi. Elle songe à cette incroyable histoire, à cet ouvrage qui a atterri là, fruit d'un office, perdu parmi tant d'autres. Et c'est vers lui qu'elle a tendu la main, vers ce titre un peu fade, *Dans un train*. Outre la photo de couverture, est-ce le mot « train » qui a attiré son regard ? Produit d'un petit éditeur et premier livre peut-être pour cet auteur dont elle n'a jamais entendu parler.

Pendant la pause de midi, une petite heure où elle grignote un sandwich, elle file sur Internet pour en apprendre plus sur cet écrivain qui a rencontré sa vie. L'homme a publié cinq livres en quinze ans chez le même éditeur artisan. Documentaliste dans un collège. Soixante-deux ans. Elle repère quelques articles sur ses livres, mais n'apprend guère sur sa vie. Puis, une photo. Elle demeure muette d'émotion. Aucun doute n'est possible. Elle reconnaît le visage de celui qui l'a accompagnée avec délicatesse aux premières heures de cette journée qui a bouleversé son existence. Le passager du train à qui elle s'est confiée ! Le lecteur de *Matins* ! Elle ferme les yeux, retrouve ses traits, la douceur attentive que cet homme dégageait. Elle revoit la jeune femme blonde au calot rouge et noir, le visage heureux d'Antoine, celui rieur de son frère, elle revit tout : l'homme qui la salue, qui lui souhaite bonne chance en lui tendant la main. Comment a-t-il pu savoir pour Frédéric et comment a-t-il osé se servir de sa vie pour écrire ce texte ?

Une bouffée de colère l'envahit. Elle a le sentiment d'avoir été violée ! De quel droit a-t-il décrit cet épisode de son existence et l'a-t-il livré au regard de tous ? Elle songe à celles et ceux qui vont l'interroger, s'étonner, ricaner peut-être. Elle finit par se calmer. Outre elle et Antoine, outre quelques amis, outre le client aux yeux bleus, qui pourrait établir un lien entre elle et l'histoire racontée ? Et même si l'on pensait à elle, quelle importance ? L'auteur décrit une situation de vie avec émotion et finesse. Sa rage se transforme : comment, se demande-t-elle, a-t-il pu pénétrer avec autant de perspicacité et de justesse dans son univers ? Comment, sans le connaître, a-t-il pu donner de Frédéric un portrait aussi ressemblant et, même si tous les détails ne sont pas exacts, comment a-t-il pu inventer aussi précisément des événements qu'il n'a lui-même pas vécus ? L'a-t-il suivie après l'avoir quittée ? Elle se souvient de sa silhouette qui s'éloignait vers les escaliers du métro. Il n'était pas au McDonald's, elle l'aurait vu !

– Vous semblez bien soucieuse !

La phrase la surprend. Une belle femme à la chevelure auburn l'observe. Comment est-elle entrée dans la librairie ? Elle croyait avoir fermé la porte à midi. Pour manger son sandwich et pour pouvoir faire tranquillement sa recherche sur Internet. Elle jette un coup d'œil à sa montre. Treize heures trente. Elle n'ouvre qu'à quatorze heures.

– Excusez-moi, dit-elle. Je songeais au dernier livre que j'ai lu.

La cliente rit.

– Eh bien, il doit être passionnant ! Je vous ai aperçue, rêveuse, par la fenêtre. Vous m'êtes apparue de profil. Le soleil tombait sur vos cheveux et mettait leur couleur jais en valeur. Ça m'a donné envie d'entrer pour voir votre visage. J'ai poussé la porte et elle était ouverte. Pardonnez-moi si je vous dérange. Je suis peintre, voyez-vous, et certains instants de lumière comme celui que j'ai saisi à travers votre vitrine me fascinent. Vous m'avez fait songer à un tableau de Georges de La Tour.

Le compliment la touche. Quand elle a repris la librairie du vieil homme, la lumière a été sa première préoccupation. Elle a métamorphosé le lieu gris et ténébreux en le badigeonnant de clarté, en y débusquant les recoins d'ombre. Elle voulait que *Matins* devienne un lieu d'aurore.

– J'aime beaucoup votre librairie, poursuit la femme. Vous l'avez agencée comme on habille une toile.

Elles se sourient et la cliente ajoute :

– Vous aviez un visage d'âme.

– Un visage d'âme ?

– Excusez-moi, c'est une expression personnelle.

J'appelle ainsi les visages habités, ceux qui attirent parce qu'un souffle intérieur les anime.

– Merci, je ne me connaissais pas ces qualités.

– Vous savez, c'est souvent propre à un moment, à une lumière et, dans ce cas, tout concourait à vous auréoler : la brillance du soleil atténuée par le store bouton d'or, votre place là où l'obscurité cherche à reconquérir ses droits, luttant contre le bonheur du printemps, ma disponibilité aussi, car il arrive, même à un regard de peintre, de passer à côté de la vie sans la voir.

Elle aimerait découvrir ce que peint cette femme, elle aimerait plonger dans les univers dont elle parle avec délicatesse. Elle lui fait songer à l'auteur rencontré dans le train, à cet homme qui semblait capter du présent les détails, qui écoutait les mots avec la même profondeur qu'elle regarde les nuances inventées par la lumière.

– Pouvez-vous me dire quel livre donnait tant de corps à votre présence ? insiste la cliente en souriant.

De nouveau, lui ! Comme s'il la poursuivait et qu'elle ne pouvait échapper à l'emprise de ses phrases. Elle se dirige vers la table où repose le dernier exemplaire. Elle en a reçu quatre, le premier pêché par elle, le deuxième vendu à l'homme aux yeux bleus, le troisième chez son amie. Voilà le dernier qui s'en va : en deux jours, ce n'est pas mal pour un écrivain discret ! Si elle en recommande, son distributeur ne manquera pas de lui en faire la remarque.

– Un court roman ou une longue nouvelle, déclare-t-elle, mais qui me touche personnellement. Peut-être qu'à vous, ce texte ne dira rien.

– Ce texte m'a déjà beaucoup raconté de vous, précise la cliente ; si j'avais eu un appareil photo, j'aurais pu fixer votre image pour vous la montrer ; comment dire, vous étiez en suspens... Oui, c'est le terme exact, en suspens, absente tout en étant présente, ou le contraire... En suspens. Si cette histoire a pu provoquer cet état en vous, c'est qu'elle est forte. J'aurais aimé vous peindre.

Elle retourne vers son comptoir, glisse le livre dans un sachet en papier imprimé au nom de sa librairie.

– J'ai un rendez-vous dans moins de dix minutes. Je vous ferai signe quand j'aurai lu cette œuvre. Avez-vous une carte avec vos coordonnées pour que je vous écrive ? J'habite à Melrand, en Bretagne, et je suis rarement de passage ici.

Après avoir réglé son achat, la femme lui tend la main et sourit. Elle quitte la librairie d'un pas alerte et pressé.

12

Ce jour-là, il était descendu dans le métro en songeant à cette jolie jeune femme et à ses aveux. Il avait été ému par la fragilité qui s'exhalait d'elle, par une espèce de force vive qui semblait la porter au-delà du malheur. Par sa beauté, par la jeunesse éclatante de sa peau hâlée et de ses yeux noirs, par son corps souple et ferme comme un roseau. Il avait souri intérieurement : cette jeune femme semblait être la savoureuse mise en bouche annoncée par les phrases qu'il lisait dans *Matins.* Une œuvre de réflexion sur le goût du temps qui passe et sur la vie qui fleurit à chaque instant.

Quand elle s'était assise en face de lui dans le train, il lisait un passage sur l'ampleur que peut prendre le chant d'un oiseau, sur la présence que cette petite trille innocente et anodine peut offrir au jour qui se lève quand on y prête attention, qu'on s'y laisse glisser, qu'on y communie. Et l'auteur de *Matins* de poursuivre sur ce qui nous distrait de l'essentiel et qui nous coupe de nous-mêmes. Les phrases le remplissaient d'une sérénité qui le fuyait depuis que son fils avait cessé de lui parler, son fils unique qui n'affichait pour lui et pour ses livres qu'un profond mépris et dont il avait abandonné l'éducation à son épouse depuis l'adolescence.

La jeune femme s'était assise, l'avait tiré de sa

lecture. Dans un premier temps, ça l'avait agacé, mais il pourrait reprendre son livre plus tard tandis que la présence qu'elle lui offrait s'évanouirait inéluctablement dans quelques quarts d'heure. Il avait posé l'ouvrage sur ses genoux, s'était laissé saisir par ce qu'elle lui racontait, était devenu le réceptacle de son désarroi et, lorsqu'elle l'avait quitté pour aller chercher son fils à Bruxelles-Midi, il avait éprouvé une désagréable sensation de vide : la vie, avait-il songé, est faite de petites morts qui nous apprennent sans cesse à nous retrouver, à ressusciter la flamme que nous portons dans notre cœur.

L'agitation qui régnait dans la rame de métro où il était monté – ce chanteur des rues qui se faisait accompagner d'un accordéoniste, cette bande d'adolescents rieurs, ces adultes qui détournaient les yeux pour éviter la vie passante – lui avait fait oublier la jeune femme et ce fils qu'un oncle distrait avait égaré dans un train.

Elle surgit à nouveau dans sa vie comme un coup de poing le lendemain matin. À ces heures quiètes de la matinée où, après son petit-déjeuner, il parcourait le journal à la recherche d'une idée pour débuter une histoire. Il écrivait peu, le week-end uniquement et pendant les vacances que lui offrait son métier de documentaliste. Durant l'année, il laissait son esprit vagabonder, s'arrêter, repartir et c'est dans les nouvelles du journal qu'il avait toujours trouvé l'inspiration.

Ce jour-là, un fait divers particulièrement émouvant attira son attention. Un jeune homme avait été tué par une voiture à quelques pas de la gare de Bruxelles-Midi. Le titre se voulait accrocheur : « Percuté en pleine course ! » Le journaliste relatait l'accident dans les détails, s'attachant à ce petit garçon qui courait, éploré, vers le corps sans vie de son oncle. Ce furent les prénoms qui réveillèrent ses souvenirs : Frédéric, la victime, et Antoine, son neveu. On faisait aussi allusion à une jeune mère désespérée qui s'appelait Maryline.

Frédéric et Antoine. La jeune femme rencontrée dans le train avait cité ces prénoms et, même si elle ne lui avait pas révélé le sien, il eut la certitude que ce ne pouvait être qu'elle. Ne rejoignait-elle pas Bruxelles-Midi en compagnie de son frère pour retrouver son fils ? Il fut saisi par un sentiment d'angoisse incoercible, se leva, enfila sa veste et courut jusqu'à la librairie pour y acheter d'autres quotidiens. Dans chacun, il trouva une relation plus ou moins détaillée de l'événement ; dans l'un d'eux, une photo de la victime. Il n'eut plus aucun doute ; il reconnut avec effroi le visage du jeune homme qu'il avait brièvement croisé.

À quoi tient la vie d'un être ? se dit-il. À quoi tient le bonheur ? Il imagina la jeune femme effondrée et ce petit garçon dont l'existence venait de basculer. Il éprouva l'envie d'entamer des recherches pour les retrouver, les aider peut-être, mais il se ravisa. Il était écrivain, pas psychologue, pas assistant social. Quand il retrouva un peu de paix, il pensa qu'il tenait là le sujet d'une histoire et se promit d'y songer plus tard lorsque toute émotion serait bue. Il découpa soigneusement les articles de presse, les rangea dans une chemise plastifiée et celle-ci fila dans une pile de dossiers qu'il finit par oublier.

Il les avait retrouvés des années plus tard, en rangeant son bureau. Le visage de la jolie jeune femme lui était revenu en mémoire comme s'il venait de la quitter. Il relut les documents et, à partir de ceux-ci, décida d'entamer une histoire. Dès les premières lignes, il sut qu'il écrivait ce texte parce qu'il désirait retrouver la passagère, parce qu'il voulait qu'elle sache qu'il ne l'avait pas oubliée. Presque tous ses récits étaient inspirés de faits divers qu'il modifiait, qu'il tricotait, qu'il émondait. Celui-ci s'imposa à lui dans sa nudité vive et, pour la première fois, il dérogea à l'un de ses principes : il décida de baptiser ses personnages du prénom que leur avait donné la réalité.

Il s'était attelé à son travail avec émotion. Il était surpris que cet événement du passé prît autant de place dans sa vie. Au fil de son récit, il lui avait semblé entrer dans l'âme de cette femme qu'il avait rencontrée dans un train, un matin, lors d'un trajet qui le menait de l'Ardenne profonde à Bruxelles où il avait rendez-vous avec son éditeur. Aux articles qui relataient l'horrible fait divers, il avait pu donner de la consistance grâce au récit que la jeune voyageuse lui avait fait de son existence : ses errements, ses doutes, sa solitude et ce fils tombé de l'escarcelle du plaisir.

Dans le silence de son bureau, il fermait les yeux pour retrouver les confidences de la jeune femme, son intonation, les mouvements des yeux qui la trahissaient et ce parfum de détresse qui traînait autour d'elle. Et ce frère fantasque dont elle lui avait parlé avec morgue et amour et qu'il n'avait fait que croiser sur le quai de la gare de Bruxelles-Nord, encore échaudé par son étourderie ; il possédait peu d'éléments pour le faire vivre et il espérait ne pas se tromper de cible en le peignant gouailleur et insouciant, faisant de l'argent et le défaisant, s'occupant avec une passion brouillonne du petit Antoine quand il n'oubliait pas son existence.

D'habitude, les faits divers ne nourrissaient que l'élan de ses écrits : il partait d'eux comme d'un détail qui permet à une histoire de démarrer, mais il ne savait rien ou si peu des personnes citées et de leur environnement. Cette fois, il faisait œuvre plus délicate, car, de la vie de ces gens pêchée dans un article de journal, il connaissait davantage et, à chaque mot qu'il traçait, il avait peur de leur manquer de respect.

L'auteur aurait pu modifier l'histoire, une maille à l'envers, une maille à l'endroit, la reconstruire, changer son angle d'attaque, faire en sorte que les personnes décrites dans les articles de presse ne pussent s'y reconnaître, mais, cette fois, il ne s'était pas senti capable d'inventer des vies. Sans doute parce qu'il en avait rencontré une, palpable, prégnante. Sans doute parce qu'il voulait respecter cette jeune femme et ne pas trahir ses propos en les déformant.

Il écrivit ce texte en acceptant l'évidence : si elle tombait sur son livre, celle qui s'était confiée à lui s'y reconnaîtrait et lui en voudrait peut-être. Mais il ne pouvait se résoudre à abandonner son projet. Il se rendit sur les lieux, fit le trajet entre la gare et le snack, s'installa dans le brouhaha de l'endroit, y analysa la liste des plats proposés et se résolut à faire manger une salade à sa Maryline, persuadé que la voyageuse qu'il avait rencontrée n'aurait pu ingurgiter la nourriture qu'on proposait là. Plus tard, il était allé se recueillir sur les lieux de l'accident, avait retrouvé l'endroit exact grâce aux photos publiées dans la presse et il s'était demandé comment ce Frédéric avait pu être assez distrait pour traverser, sans faire attention, une artère aussi fréquentée.

Quand il l'eut terminé, l'auteur laissa reposer son manuscrit pendant plusieurs semaines, sur un coin de son bureau. Il avait besoin d'oublier un texte avant de le retrouver. Lorsqu'il le redécouvrit avec un regard neuf, il eut le sentiment que la jeune femme rencontrée dans le train se tenait devant lui, elle et sa fragilité, elle et sa peau aux teints ocre et cannelle, elle et ses yeux noirs comme un puits profond. En relisant la description qu'il avait faite d'elle, il eut même l'illusion de la toucher. L'histoire qu'il avait écrite le concernait bien plus qu'il n'aurait jamais osé l'imaginer. Il envoya son texte à son ami éditeur comme on jette une bouteille à la mer. Comme un appel à plus de vie.

Le récit enthousiasma l'éditeur qui lui déclara qu'il n'avait jamais décrit un événement avec autant de justesse et que ses personnages de papier avaient la saveur d'individus qu'on rencontre dans la rue, si réels, si banalement vivants, véridiques. S'il avait su jusqu'où il disait vrai !

Dans un train. L'auteur participa à quelques séances de dédicaces dans les librairies. Chaque fois, il espérait que, parmi les lecteurs intéressés, il allait reconnaître la jeune femme. L'urgence de la revoir le minait, mais il n'aurait jamais osé forcer le destin pour la retrouver. Que lui aurait-il dit qui ne la blessât pas ? Avait-il le droit de lui apprendre qu'il détenait une vérité dont elle n'avait même pas conscience ?

À l'éditeur, il n'avait pas parlé de son secret. Il avait livré le manuscrit comme un autre, sans commentaire. L'homme râlait parce que, selon lui, les libraires ne défendent pas assez les petites maisons indépendantes et tempêtait parce qu'il constatait qu'une fois de plus, les ventes stagnaient. La presse, comme d'habitude, avait été discrète ! Quelques lignes dans deux quotidiens et un articulet élogieux dans un hebdomadaire à grand tirage. Pas de quoi fouetter un chat et créer un best-seller ! Cependant optimiste, il ajoutait qu'il y a tant de livres dont on ne parle jamais. L'auteur écoutait son ami d'une oreille distraite. Il avait écrit ce récit pour qu'il fût lu par une seule personne ; le reste importait peu. Il savait pourtant que s'il ne démarrait pas, son livre mourrait dans quelques semaines, que les libraires, submergés de nouveautés, le retourneraient sans ciller et que la bouteille qu'il avait lancée dans les flots se perdrait dans les affres de la mer.

13

Elle y a réfléchi durant toute la nuit. Pour en avoir le cœur net, il lui suffit de joindre cet écrivain et de l'acculer à lui raconter la vérité sur le vol d'un épisode de sa vie. L'auteur est discret : elle ne trouve rien sur Internet qui permette d'entrer en contact avec lui. Elle réfléchit : aborder cet homme en l'agressant n'aboutirait à rien. Elle peut faire mieux. Son idée la fait sourire et elle se demande comment elle n'y a pas songé plus tôt. Elle est libraire : ne lui suffit-il pas d'appeler l'éditeur, de lui annoncer que ce récit la passionne et qu'elle veut organiser chez elle une rencontre entre l'auteur et ses lecteurs ? En général, les éditeurs acceptent avec enthousiasme et, si celui-ci se fait tirer l'oreille, elle paiera les frais nécessaires à la venue de l'écrivain mystère.

Un coup de téléphone et déjà son rêve se concrétise. L'éditeur artisan saute de joie à l'annonce de la nouvelle. Un homme à la voix joviale qui déclare qu'il mettra tout en œuvre pour convaincre son auteur d'accepter l'invitation.

– Merci, dit-elle, merci. Je pense organiser cette présentation dans une quinzaine de jours. Cela vous convient-il ?

L'homme est si heureux qu'il accepterait de venir le lendemain. Encore faut-il que l'écrivain accepte. Il la rappellera le plus vite possible.

Quand elle raccroche, la lumière du soleil qui commence à glisser sur le comptoir emprisonne sa main pendant quelques secondes. Elle observe ses doigts éblouis. Un sentiment de panique la submerge ; elle n'a jamais organisé la moindre rencontre dans son jardin de livres et voilà qu'elle vient de s'offrir seulement quinze jours pour réussir celle-ci ! Prise par l'urgence de connaître cet homme, elle a agi trop vite. Il faut qu'elle rappelle l'éditeur, qu'elle propose une autre date, mais le téléphone sonne. Elle décroche. C'est déjà lui.

– L'auteur est enchanté ! Nous serons présents à votre rendez-vous.

Les mots ne trouvent pas le chemin de sa gorge. Elle regarde ses doigts posés dans la lumière qui continue d'envahir le comptoir.

– La librairie est petite, réussit-elle à murmurer, nous ne serons peut-être pas très nombreux. Je...

– Même si nous ne sommes que cinq, lui répond l'homme, ça n'a aucune importance. Ce qui compte, c'est votre démarche ! Si chaque libraire réagissait comme vous, je serais l'éditeur le plus heureux du monde !

L'enthousiasme du personnage la rassure. Elle examine l'espace devant elle, imagine les tables déplacées, le centre de la pièce dégagé ; elle pourra y disposer une bonne vingtaine de chaises. Une autre question surgit : qui parlera du récit, qui s'entretiendra avec l'auteur ? Elle n'en aura pas le courage. Le visage de l'employé des chemins de fer s'impose dans son esprit. Un lecteur qui présente un texte qui l'a passionné : ne serait-ce pas une démarche originale ? Elle sourit. Pourquoi pas ? Mais cet homme dont elle sait si peu acceptera-t-il une telle aventure ? L'angoisse de nouveau. Lui aussi, il suffit de l'appeler. Elle quitte la lumière, se penche vers la petite armoire où elle a rangé la carte de visite. Ne lui a-t-il pas demandé de le contacter si elle avait du nouveau ? N'a-t-elle pas là un prétexte pour le revoir ? Au point où elle en est, autant ne pas tergiverser.

– Allô ?

Elle reconnaît la voix de l'homme, posée, tranquille. Elle se présente, bafouille, réussit à lui décrire son projet. À l'autre bout du fil, il y a un blanc. Son cœur s'emballe ; il ne faut pas qu'il refuse ! Elle a envie de revenir à la charge pour éviter qu'il réfléchisse trop longtemps, mais elle se contient. Ça ne serait pas correct. Tout cela dure une seconde, deux au plus. La voix revit enfin.

– Pourquoi pas, pourquoi pas ? Je n'ai jamais présenté de livre et je ne crois pas avoir le don pour parler en public, mais votre idée me plaît et si ça vous fait plaisir...

– Merci ! lance-t-elle avec un enthousiasme qu'elle ne peut pas contenir.

– J'espère surtout ne pas vous décevoir. Imaginez que l'auteur et l'éditeur jugent ma prestation médiocre...

– Mais non, ils seront trop heureux qu'on parle de leur livre. Ne vous inquiétez pas pour ça !

– Je passerai à la librairie pour que nous accordions nos violons. Il faut au minimum que vous et moi soyons d'accord sur ce qui va se dire à propos de ce texte. D'autant plus qu'il nous touche, l'un et l'autre, personnellement.

Cette fois, c'est elle qui ne répond pas tout de suite. Pour préparer cette rencontre, il faut qu'ils se voient. Elle a le sentiment qu'une nouvelle brèche s'ouvre dans sa vie. L'homme aux yeux bleus et le charme qu'il dégage… Ça fait des années qu'elle a évacué la réalité masculine de son quotidien. Pas question de perturber son Antoine avec un intrus. Pas question d'être à nouveau déçue. Pas question de… Elle ferme les yeux, refuse de songer à cet épisode-là de son existence, celui par lequel tout a débuté, celui qui a fait dérailler sa vie.

– Vous êtes toujours là ? entend-elle dans un brouillard.

– Oui, excusez-moi, je réfléchissais à notre projet.

– Ce n'est pas encore le mien, rit-il. Je pourrai me l'approprier lorsque je vous aurai proposé quelque chose de concret. Puis-je passer vous voir dans trois jours ?

– Venez pendant la pause de midi. Nous pourrons parler plus tranquillement.

Elle ne se reconnaît pas, veut se reprendre, mais c'est impossible.

– Pas de problème, je m'arrangerai avec mon chef de service pour reprendre mon travail plus tard. Ce n'est pas à cause de moi que les trains arrivent à l'heure !

Il rit à nouveau. Elle ne peut rien répondre. Elle a la gorge nouée comme si la vie lui apportait un cadeau dont elle ne veut pas. Et pourtant… Depuis la mort de son frère, elle a vécu quelques aventures qui l'ont déçue. Elle a tourné la page, se forçant à croire que ça valait mieux pour Antoine. La présence de cet homme lui donne envie de rouvrir le livre de sa vie ; n'est-elle pas encore jeune et jolie ?

– Je vous laisse, dit-elle, je vous laisse. J'ai du travail !

– À bientôt, répond-il. Merci d'avoir pensé à moi.

Elle pose le combiné. Troublée. Il a raison : elle a pensé à lui. Pour la présentation, elle aurait pu demander de l'aide à son amie ou au bibliothécaire qui fréquente son jardin de livres. Elle a d'abord songé à lui. Et elle y songe encore.

Quelqu'un frappe sur le carreau de la porte d'entrée et la sort de son rêve. Une habituée ! Neuf heures cinq déjà et elle a oublié d'ouvrir la librairie ! C'est la première fois que ça lui arrive ! Elle court, tourne la clef dans la serrure, s'excuse. La cliente sourit.

– Vous sembliez si pensive ! Je n'ai pas osé vous déranger.

– C'est que j'ai un projet, répond-elle, je vais inviter l'auteur d'un récit coup de cœur ! Ça se passe dans quinze jours. Vous viendrez ?

La femme la regarde, surprise.

– Et de quel livre s'agit-il ?

– *Dans un train.* Malheureusement, je ne

peux pas vous le montrer. J'ai vendu le dernier exemplaire hier. J'en ai commandé ; je les aurai demain.

– Et ça raconte ?

– L'histoire d'une rencontre dans un train, entre un homme et une jeune femme. L'histoire d'un accident, d'une perte aussi. Si je vous en dévoile trop, vous n'aurez plus de plaisir à lire le livre.

– C'est vrai... Quand a lieu votre présentation ?

– Le vendredi 15, à dix-huit heures, mais je vais imprimer des invitations. Je vous en donnerai une lors de votre prochaine visite.

Après le départ de la cliente, elle se laisse envahir par son émoi. Elle doit s'avouer que son corps en jachère se révolte, mais le désir qu'elle éprouve pour cet homme aux yeux bleus la ramène à ses monstres. Sa relation volage avec Sylvain, le père d'Antoine. Et les autres fois où elle s'est laissé prendre par des hommes pour se venger d'eux. Pour qu'ils éprouvent le malheur de la perdre. Pour qu'elle jouisse de les quitter. Pour qu'ils en bavent comme elle en a bavé. Ça fait si longtemps qu'elle est persuadée que les hommes ne peuvent être que des prédateurs.

Elle avait onze ans. Ses seins pointaient sous sa robe comme des allumettes. Et elle riait de ne rien savoir de la vie des adultes. Leur mère et leur père s'occupaient d'eux avec une tendresse un peu froide, mais elle et Frédéric aimaient ces parents distants qui les laissaient construire leur vie sans trop s'en mêler. Quand ses relations avec eux n'étaient pas au beau fixe, elle se réfugiait dans les romans ; la vie des autres lui offrait d'embellir la sienne.

Elle se crispe. Chaque fois qu'elle songe à cette époque, ça fait trop mal. Son secret à elle. Même à Frédéric, elle n'en a jamais parlé. À personne. Une connaissance de son père. Un salaud d'avocat qui avait le même prénom que son frère : Fred. Cette après-midi où elle l'a croisé dans le couloir qui menait au salon. Il l'a plaquée contre le mur, a posé ses pattes velues sur ses seins allumettes, puis plus bas, sur son pubis. Elle était si surprise qu'elle n'a pas pu crier. Elle ne pouvait plus respirer. Sa mère est sortie de la cuisine à ce moment-là.

– Maryline, où traînes-tu ? a-t-elle crié.

L'homme s'est écarté d'elle en lui murmurant qu'il lui couperait la gorge si elle parlait.

– Maryline, où traînes-tu ? a répété sa mère.

La phrase l'avait sauvée, mais, depuis, ses relations avec les hommes se sont muées en un grand malaise. Depuis, il s'est toujours agi d'un jeu du chat et de la souris. Et le chat, c'est elle. Pas question de s'abandonner, pas question de se laisser aimer. Seul Sylvain, le père d'Antoine, a réussi à la charmer. Pendant quelques semaines. Elle avait dix-sept ans et, malgré l'horreur du couloir, elle voulait croire au bonheur. Il était si disert, il avait un tel bagout ! Elle s'est laissée envoûter par ses beaux mots qu'elle a pris pour des vérités nues. Il a profité d'elle et il a filé lorsqu'elle lui a annoncé le bébé dans son ventre.

Elle a trente-quatre ans et les hommes la rebutent. Elle fuit leurs regards gourmands, mais elle aime les prendre au piège de ses décolletés plongeants. Ses seins n'ont plus rien de deux têtes d'allumettes et c'est parfois si drôle de laisser croire à de doux crétins qu'ils pourront manger à leur faim.

14

Il y avait dans la librairie plus de vingt chaises disposées en demi-cercle autour de deux fauteuils. Le lieu était baigné d'éclairages indirects et discrets ; c'était minutieux, étudié, charmant. Mais ce n'est pas cela qui le préoccupait depuis qu'il avait reçu le carton d'invitation qui annonçait la soirée littéraire. Lorsqu'il avait ouvert l'enveloppe qui le contenait, il n'avait pas pu refréner un cri de surprise. La librairie s'appelait *Matins* comme l'ouvrage qu'il lisait le jour où il avait rencontré la jeune femme dans le train. Il y vit un clin d'œil du destin et, dès lors, il dormit mal. Il vivait à plus de cent kilomètres de l'endroit et il se résolut à patienter. Il aurait été ridicule de se rendre là ! Qu'aurait-il expliqué à la propriétaire du lieu ? Qu'il aimait vérifier où il allait parler de ses livres ? D'ailleurs, il n'avait pas le temps. Il rechercha, dans sa bibliothèque, l'exemplaire de *Matins*, celui qu'il lisait dans le train, voici plus de dix ans. Il relut de longs passages sur la sérénité, sur la paix de l'âme et retrouver les mots le fit renouer avec l'émotion. À l'époque, il raffolait des livres de ce genre. Il en avait même besoin. Parce que son fils l'avait horriblement déçu. Ces histoires étaient loin. Comme la rencontre de cette jeune femme qui se faisait tant de soucis pour son petit à elle. Qu'était devenu celui-ci ? Un goujat comme le sien ?

Son éditeur avait une montre dans le ventre. Il vint le chercher et ils partirent ensemble. Qui allait-il rencontrer là ? Chaque fois, une inquiétude sourde l'étreignait. Autant il aimait se plonger dans l'écriture, autant il parlait difficilement de ce qu'il avait écrit. Il craignait de ne pas pouvoir répondre à une question et de décevoir son public. Mais, lorsqu'on n'est pas une star des médias, de telles invitations sont si rares qu'on ne peut pas les bouder. Par respect pour les lecteurs, par respect pour le travail un peu fou de Bernard, son éditeur.

Il regarda autour de lui. Quelques personnes étaient présentes dans la librairie. Un homme d'une quarantaine d'années se retourna en entendant le bruit du carillon de la porte d'entrée. Il lui sourit et posa la main sur l'épaule de sa voisine avant de lui chuchoter quelques mots à l'oreille. Ces deux-là semblaient complices. Lorsque la femme se retourna, il ne vit plus qu'elle. Il la reconnut tout de suite, sans l'ombre d'une hésitation. Sa peau hâlée, la poésie tremblante que déclamait son regard, sa silhouette fine comme un pinceau de lumière. Plus de dix ans les séparaient de leur seule et unique rencontre ; le temps semblait l'avoir apaisée et embellie. Elle n'était plus la jeune femme stressée qu'il avait rencontrée dans le train, elle semblait avoir intégré son inquiétude et ça lui donnait plus de force et de présence. Que faisait-elle ici ? Avait-elle lu son livre ? La bouteille à la mer qu'il avait lancée avait-elle enfin atteint son but ? L'émotion qui l'étreignait était si forte qu'il éprouvait des difficultés à respirer.

Elle s'avança vers lui, la main tendue, les yeux habillés d'une joie difficilement contenue.

– Vous souvenez-vous de moi ? demanda-t-elle avec un merveilleux sourire.

– Je ne vous ai jamais oubliée.

Il eut le bonheur de la voir rougir, mais elle réussit à se reprendre et déclara :

– Je vous remercie d'avoir répondu à mon invitation.

Ce fut à son tour d'être surpris. Ainsi, la libraire, c'était elle ! La jeune voyageuse fragile s'était muée en une ambassadrice du livre ! Elle semblait jouir de l'étonnement qu'elle avait créé.

– Ne vous avais-je pas dit que j'aimais les livres ?

– C'est extraordinaire, murmura-t-il, mieux qu'un roman. Extraordinaire !

– Puis-je vous présenter la personne qui dialoguera avec vous ?

L'homme qui avait annoncé sa présence en se penchant vers la jolie libraire s'avança vers eux. Il avait des yeux bleus, perçants, limpides. Ils se serrèrent la main et la conversation se concentra sur la préparation du débat. Il aurait voulu revenir à elle, à son histoire, à cette vie qui l'avait blessée, mais elle fuyait, semblait vouloir attendre la rencontre avec les lecteurs pour en apprendre davantage sur son récit et sur ce qui l'avait amené à l'écrire. Ni elle, ni lui ne firent allusion au fait que c'était un épisode de son existence à elle que contenait son livre à lui. Il aurait voulu lui crier qu'il avait écrit ce texte parce qu'elle était apparue dans son quotidien tourmenté comme une étoile filante, parce que sa fraîcheur lui avait fait oublier combien sa propre existence le décevait, parce que la simplicité avec laquelle elle lui avait tout raconté d'elle l'avait ramené à sa propre difficulté à se dire lui, définitivement caché derrière le masque de l'homme affable qui écoute l'autre sans rien lui demander en retour. Parce que enfin, entre elle et lui, il existait un lien qu'elle était incapable d'imaginer !

Son livre était un appel à l'aide : « Vous, madame, vous avez vécu un drame dont on a parlé dans la presse et qui s'est introduit, sous forme de fait divers, sur ma table de salon. Moi, mon drame est tellement banal qu'il n'a jamais pu se transformer en une ligne dans les journaux et, pourtant, vous ne pouvez savoir ce qu'il me fait souffrir ! » Bien entendu, ce n'était ni le moment ni le lieu pour oser une telle déclaration.

Les lecteurs arrivaient. La librairie se remplissait petit à petit et il se dit que la jeune femme et son ami avaient réalisé du bon travail. Plus de vingt personnes s'étaient installées sur les chaises ; il ne restait que quelques places libres. Posés, en évidence sur une table, des exemplaires de son récit attendaient la curiosité des visiteurs. Il en repéra plusieurs qui serraient l'ouvrage contre eux, ou qui le feuilletaient d'un œil vagabond. Il ne s'agissait pas de se laisser prendre au piège de sa propre histoire : ici, il devrait revenir au livre, à sa rencontre avec la future libraire dans un train, à la lecture du journal le lendemain et au fait divers qui l'avait ramené vers elle, aux années de silence, à l'urgence des mots ensuite et à ce désir de la retrouver parce que la vie est bien plus surprenante qu'on ne le croit et que la réalité dépasse souvent la fiction. Il fallait qu'il la revît, il voulait absolument savoir ce qu'était devenu ce petit Antoine qui avait pris une place immense dans sa vie.

Avouerait-il tout à ses lecteurs ? Comment l'homme aux yeux bleus allait-il négocier l'entretien ? Ils en avaient peu parlé et il ne savait rien de lui, hormis qu'il était employé aux chemins de fer. Un comble quand on présente un récit qui s'intitule *Dans un train* ! La libraire avait été appelée, l'homme l'avait suivie. Ils étaient à quelques mètres, pas loin de la porte, éclairés par la lumière de l'entrée, dialoguant avec un jeune homme hâlé, à la tignasse sombre et qui avait, dans son attitude, quelque chose qui lui était familier. Les trois riaient et il se sentit jaloux de ce bonheur. Lui, l'écrivain aux idées larges devenait court. Et gourd. Il se sentit coupable de déposer tant de quiétude dans ses livres, d'en disperser autour de lui et de n'être pas capable de vivre de l'intérieur ces mots de paix qui le faisaient aimer par ses lecteurs.

La libraire revint vers lui, accompagnée par le jeune homme qui lui ressemblait de plus en plus au fur et à mesure qu'on les observait ensemble.

– Mon fils Antoine, dit-elle.

– Je suis heureux de faire votre connaissance.

Le jeune homme lui tendit la main sans prononcer un mot. Il y avait dans son regard une espèce de repli, comme s'il tenait à se montrer bougon, voire fâché.

– Voyons, Antoine, murmura sa mère.

– Ben quoi ? Faut-il que je fasse des salamalecs à monsieur parce qu'il a écrit un livre où il parle de moi qu'il n'a jamais rencontré ?

Ça avait le mérite d'être clair. Le garçon n'avait pas apprécié son texte et n'éprouvait pour lui rien de positif. Il pouvait comprendre que celui-ci lui en veuille : ne lui avait-il pas dérobé un épisode de son existence pour le transformer en fiction ?

– S'il te plaît, Antoine, commença la libraire, il ne fallait pas venir si…

– Ce n'est rien, ce n'est rien, temporisa-t-il, je ne suis pas venu ici pour qu'on encense mon livre.

La jolie jeune femme grimaça ; la sortie de son fils l'avait embarrassée. Il remarqua un léger tremblement aux coins de sa bouche. Cet émoi la rendait désirable et il se dit que l'homme aux yeux bleus avait du bonheur de la connaître mieux que lui.

– Je vous ai invité pour faire la fête à votre livre et il n'est pas question que mon fils la gâche par des remarques déplacées.

Une fermeté dans ses yeux noirs ! Le jeune homme s'éloigna sans rien ajouter, rejoignit une dame plus âgée qu'il semblait connaître. Derrière lui, la porte s'ouvrit sur un couple de quinquagénaires. Cette fois, la pièce était comble. S'il arrivait encore du monde, certains devraient assister à l'entretien debout ! À ses côtés, son éditeur ne se tenait plus de joie :

– Si tous les libraires agissaient de la même

manière, je pourrais prendre des vacances à Saint-Tropez ! lança-t-il, goguenard.

– Parce que tu trouves que tu ne pars déjà pas suffisamment en vacances ! lui répondit-il sur le même ton. Dis-moi plutôt que tu pourrais augmenter le pourcentage de mes droits.

L'autre éclata d'un rire clair. En voilà au moins un que la soirée ravissait. Cet homme sans inquiétude qui le connaissait depuis des années ne semblait rien deviner de son trouble. Il se sentait si stressé que ça lui paraissait incroyable que ça ne se vît pas. Il se dit qu'à force de vivre dans la bonne humeur et dans la lumière, son ami éditeur avait perdu la faculté de distinguer les ombres. Un avantage au quotidien, certes, mais peut-on écrire si l'on n'a pas accès à l'obscurité des choses et des êtres ?

La libraire se rapprocha d'eux et claqua dans les mains pour attirer l'attention du public. Cette fois, la soirée débutait pour de vrai.

15

Elle est inquiète et ravie. L'écrivain est là, assis en face d'elle, à côté de Laurent, l'employé aux chemins de fer transformé par elle en présentateur de livres. Elle a dirigé deux spots vers eux et ils baignent dans un lac de clarté vive. Elle se lève, baisse l'intensité de la lumière et ça va tout de suite mieux. Les yeux vifs et bleus de Laurent ressortent bien et c'est à eux que, pendant un instant, s'attache son regard. Elle n'ose se l'avouer, mais elle sait qu'elle est amoureuse. Ça fait si longtemps ! Des siècles d'abstinence pour éviter d'être blessée, des siècles à oublier le plaisir à cause des mains voraces de ce pervers sur son corps de onze ans. Elle lutte contre une envie folle de s'abandonner ; plus vive est la lumière, plus les ombres sont mises en évidence.

Laurent est venu chez elle pour préparer la soirée. Il était encore le client, l'employé anonyme des chemins de fer, le fuyard qui n'avait pas osé rester sur les lieux de l'accident de Frédéric. Elle était la libraire. Ils se sont assis l'un en face de l'autre, séparés par la table du salon et, lentement, au fil des mots, leur lecture les a rapprochés. Ce que l'homme disait à propos du récit la séduisait et il semblait ému par l'attention qu'elle lui accordait. Ils étaient enfoncés dans leur fauteuil, à plus de deux mètres de distance, mais ce qu'ils échangeaient les rapprochait davantage qu'un baiser. C'était fougueux, intime, intense. Antoine pénétra dans la pièce comme une bombe. Retour du lycée. Il était rare qu'un homme fût à la maison. Il stoppa net, observa sa mère aux yeux brillants et l'homme en face d'elle. Il ne dit rien ce jour-là, mais il comprit ce qu'elle ne voulait pas entendre. Il songea que, décidément, ce fichu texte était maudit, qu'il lui ramenait la mort de son oncle en pleine poire et un mec à la maison, que ce texte lui ravissait sa mère, que... Il dissimula ses appréhensions et sa rage et rejoignit sa chambre comme si de rien n'était.

Laurent présente l'auteur en quelques mots précis avant de s'attacher à l'objet de la rencontre : ce nouveau livre à l'écriture fluide et au sujet délicat. L'écrivain semble être sur la défensive, écoute son lecteur, mais elle remarque que son regard s'absente souvent dans une espèce de vide intérieur, comme une inquiétude qu'elle n'a pas perçue la première fois qu'elle l'a rencontré dans le train, en ce jour pourri. A-t-il peur de se dévoiler, d'être confronté à la réalité ? Songe-t-il qu'il a outrepassé ses droits en jetant en pâture un moment de sa vie à elle ? L'écrivain s'imagine-t-il devant ses juges ? Elle, Antoine et Laurent, transformés en avocats généraux.

– L'histoire que vous racontez est-elle inspirée de faits réels ?

La première question fuse dans le silence ouaté

de la librairie. Les mots sont, ici, emballés dans des livres et, même quand ils sont forts, ils demeurent protecteurs. C'est pour ça que Laurent et elle ont choisi de ne pas prendre de détours.

– J'ai l'impression, répond l'auteur, de rejoindre mon œuvre en étant parmi vous. Mon récit tire sa source d'une rencontre que j'ai faite dans un train, il y a plus de dix ans.

Un blanc. Il tourne les yeux vers elle et ajoute :

– Votre rencontre, Maryline. Et je suis très ému de vous retrouver aujourd'hui transformée en libraire.

Un frémissement parcourt l'assemblée ; froissements d'âmes et de vêtements secoués par l'évidence. Ainsi, ce que celles et ceux qui ont lu le livre soupçonnaient est vrai. Il s'agit bien là de leur libraire et de son fils, mais qui est ce Frédéric dont elle ne leur a jamais parlé ? A-t-elle eu un frère et celui-ci est-il mort comme le narre l'auteur du texte ?

Certains sont au courant et ne bougent pas un cil. Où l'homme est-il allé puiser la suite de son histoire en n'ayant jamais revu Maryline et Antoine ?

– Vous m'aviez marqué, Maryline. Votre gentillesse, votre fragilité et cette façon inquiète que vous aviez de parler de votre fils, mais, sans doute, vous aurais-je oubliée si, le lendemain, au petit-déjeuner, je n'avais découvert le récit d'un terrible accident. J'établis des liens, je m'informai auprès du journaliste et je fus rapidement persuadé que la victime ne pouvait être que votre frère. Cet événement me bouleversa ; sur le moment, je ne songeai pas à en faire un livre. L'idée s'imposa à moi petit à petit comme une évidence. J'ai écrit un premier texte et, lorsque, des années plus tard, je l'ai relu, il m'a semblé urgent de l'achever et de le publier. Urgent, c'est le terme exact, urgent.

Elle remarque une hésitation dans sa voix et, dans son regard, un trouble évident. Pourquoi, après des années de jachère, un auteur retravaille-t-il son texte et décide-t-il d'en faire un livre ? Elle n'a pas fini de se poser la question qu'elle entend que Laurent interroge l'auteur à ce sujet. Presque mot pour mot ce qu'elle achève de penser. Elle sourit : ce sont les mêmes correspondances qui les ont rapprochés lors de la préparation de la rencontre, l'un se découvrant dans les réflexions de l'autre, les deux s'animant de se sentir complices sans le chercher.

Cette fois, l'auteur hésite. Sa réponse ne la convainc pas. Il est moins direct, semble flotter sur ses phrases, parle des hasards de la vie qui ramènent le passé à la surface. « Non, songe-t-elle, il esquive, il ment ! » Mais comment placer l'autre devant ses contradictions lorsque celles-ci n'apparaissent pas, lorsque seule l'intuition guide nos certitudes ?

La soirée se poursuit, agréable, émouvante. Laurent gère l'entretien et elle contemple avec admiration son aisance qui doit venir d'une fréquentation assidue des livres. Le public est ravi : quand la rencontre prend fin, c'est un triomphe d'applaudissements. Les compliments fusent : il faudrait qu'elle songe plus souvent à organiser ce genre d'activité, on la félicite pour son initiative. Pendant ce temps, l'auteur dédicace son ouvrage. Les vingt exemplaires qu'elle a pris en dépôt sont vendus. À côté de la table, l'éditeur souriant répond aux questions des invités qui veulent en savoir plus sur son travail.

D'où tire-t-elle ce sentiment de malaise ? Elle devrait être aux anges et, cependant, elle a la certitude que l'essentiel lui échappe. Pendant un moment, elle se demande si les sentiments qu'elle éprouve pour Laurent ne perturbent pas son ressenti. L'écrivain l'interpelle ; il est toujours l'homme affable et courtois qu'elle a rencontré dans le train, mais, en lui, quelque chose semble brisé. En onze ans, il a pu vivre des bouleversements qui ne la regardent pas ; le décès d'un être aimé, une terrible déception, de celles qui laissent leur lot de chagrin derrière elles.

Pendant qu'il répondait aux questions, elle ne l'a pas quitté des yeux. Éclairé par la lumière des spots, il ne pouvait pas se retirer dans une pénombre protectrice et, tout en s'imprégnant de la musique de ses mots, elle suivait les chemins que ceux-ci traçaient sur ses traits. À certaines réponses, elle retrouvait le voyageur du train, mais, à d'autres, elle avait le sentiment d'un masque : le rythme de ses phrases s'accélérait, sa voix grimpait dans les aigus et son regard semblait se couvrir d'un voile : il se rendait opaque pour qu'on ne le devine plus, il cessait de s'offrir.

Les gens quittent les lieux, par petits groupes, certains poursuivant sur le trottoir l'échange entamé dans la pièce. D'autres s'attardent auprès de l'écrivain, jamais rassasiés, semble-t-il, d'une telle présence dans une librairie. Laurent l'interroge du regard ; il ne faut pas un mot pour qu'ils s'entendent. Elle s'avance vers l'auteur et son éditeur, leur propose un dernier verre, « celui de l'amitié » précise-t-elle, à la brasserie en face.

– Votre fils et votre ami nous accompagnent ? demande l'écrivain.

« Son ami », le mot la fait rougir ; c'est vrai, Laurent est son ami. Elle tourne vers ses yeux bleus les siens. Il lui sourit.

– Vous acceptez ?

– Bien entendu, personne ne m'attend.

Elle sent, posé sur elle, le regard de l'écrivain. Le vouvoiement n'a pas dû lui échapper. Échafaude-t-il un nouveau roman ? Antoine range les chaises derrière eux. Elle sait qu'il n'est pas du genre à l'accompagner au bistrot lorsqu'elle sort avec des amis.

– Acceptes-tu que ta vieille maman te paie un verre pour te remercier de l'avoir aidée ? tente-t-elle.

Il se retourne vers elle.

– Tu n'as pas vraiment besoin de moi, tu es bien entourée.

– Ça me ferait personnellement plaisir, intervient l'auteur de façon inattendue.

Piégé, Antoine acquiesce.

– Vous savez, répond-il, provocateur, quand je sors avec les potes, je ne bois que de l'Orval !

– La meilleure bière du monde ! intervient l'éditeur, en riant. Tu as bien raison, mon garçon !

Les derniers clients quittent la librairie et, derrière eux, elle éteint les lumières. Dans la vitrine, restent allumées quelques lampes de chevet qui, chaque nuit, veillent sur les livres qu'elle y dépose.

16

L'auteur n'aurait pas pu lui parler si elle l'avait regardé en face. Il fallait qu'il lui avouât la vérité comme s'il narrait une de ses histoires. La table était ronde, six places. Pendant qu'ils s'installaient, il s'était imposé entre son fils et elle.

– Excusez-moi, avait-il lancé maladroitement, mais j'ai peur du courant d'air près de la porte.

Il aurait pu leur demander de se trouver près d'eux. N'étaient-ils pas ses deux héros ? Ça aurait paru plus vrai. En face de lui, cet homme aux yeux bleus et l'éditeur ami qui envahissait l'espace de ses commentaires enthousiastes. La soirée avait été un vrai succès, il était ravi et il avait envie que chaque client de la brasserie partageât son bonheur.

L'auteur aurait aimé que son ami Bernard se tût. Il avait besoin de silence et de recueillement pour aller plus loin, pour oser les mots qui demeuraient ses prisonniers depuis si longtemps. Des années. Le temps qu'il prit pour écrire ce petit livre et pour le lancer dans le monde avec le souhait incongru que son texte lui permît de retrouver cette femme qui avait croisé son chemin, un matin, dans un train.

L'auteur avait atteint son but : elle était assise à côté de lui et le livre semblait pouvoir se refermer, mais il savait que son récit ne serait véritablement clos que lorsqu'il lui aurait dévoilé ce dont ni elle ni son fils ne se doutaient, ce séisme qui avait bouleversé sa vie et qu'il avait découvert à cause des recherches qu'il avait menées pour redessiner leur emploi du temps, ce matin-là : leur arrivée à Bruxelles-Midi, les retrouvailles entre la mère et son fils, leur escapade vers le McDonald's et l'effroyable accident en bout de course.

Il s'était procuré tous les articles de presse qui concernaient le fait divers. Il était retourné sur les lieux du drame. Comme un policier qui enquête après une mort suspecte. Il avait pris des notes, avait en vain tenté de retrouver des témoins directs de l'accident, avait pu obtenir un rendez-vous avec la journaliste qui avait rédigé l'article le plus complet sur la mort de Frédéric. Il lui avait parlé de son projet, et la femme, étonnée par les coïncidences de la vie, s'était montrée enthousiaste. Pendant un moment, il avait même songé à interroger le conducteur qui avait tué Frédéric, mais qu'aurait apporté la vie achevée de ce pauvre homme à son dessein littéraire ? Lui n'aurait jamais pu assumer pareille horreur. Tuer quelqu'un sans le vouloir, c'est tuer tout de même.

Il avait manipulé ces documents des dizaines de fois, les avait relus, les connaissait par cœur. Le livre était né de l'intérieur, en vagues successives, profondes et lentes. Il avait presque achevé la deuxième mouture de son texte lorsque son fils était passé chez lui à l'improviste et était tombé sur les coupures de presse qui traînaient sur la table ; il les avait parcourues d'un œil distrait avant de blêmir.

Entre eux, depuis l'adolescence du garçon, il manquait un lien. Il n'avait pas pu gérer ce grand gaillard qui devenait un homme si différent de lui et il avait abandonné cette partie de sa vie à sa femme ; les mères ne comprennent-elles pas mieux qui est leur enfant ? Ils vivaient à distance l'un de l'autre, en respectant leurs différences et, jusqu'à ce jour-là, tout s'était passé dans une paisible indifférence, mêlée d'un réel mépris de son fils pour ces livres qu'il considérait comme inutiles.

Il n'avait d'abord pas compris pourquoi le jeune homme s'était mis à hurler. Il avait écouté les mots, assommé par la violence de l'autre. Au fil des phrases, la situation s'était éclaircie, comme l'aube, le matin, lorsqu'elle étire sur l'horizon le chant ailé de ses lumières diaphanes, mais, ici, il s'agissait d'un tsunami qui fond sur une plage de sable devenue tout à coup trop lisse et trop calme. Lorsqu'il avait compris la raison de la fureur de son fils, sa vie avait brûlé comme une torche et il était resté sonné pendant des mois. Il n'avait plus pu toucher au texte, il avait voulu détruire ces mots qui l'avaient conduit à la pire altercation qu'il ait jamais eue avec ce garçon étrange qui le soupçonnait désormais d'intrusion dans sa vie, d'« espionnage minable » pour reprendre ses mots. Tout ça pour un récit, pour quelques phrases qu'il aurait pu ne jamais lire puisqu'il affirmait haut et fort se ficher pas mal de l'œuvre de son père !

Quand il avait retrouvé un fragile équilibre, l'auteur avait repris son manuscrit, persuadé qu'il devait boire le vin jusqu'à la lie, aller jusqu'au bout de son histoire, retrouver cette malheureuse qu'il avait rencontrée, cette malheureuse qui avait perdu son frère et qui élevait seule son enfant.

L'auteur avait atteint son but : elle était là, assise à côté de lui, paisible, lumineuse, attirante, exquise. Elle exhalait un doux parfum de rose et, quand, pour lui parler, elle tournait la tête vers lui, l'air dispensait du bonheur jusqu'à ses narines. À sa gauche, taiseux, Antoine était installé devant son Orval doré ; il semblait se demander pourquoi il avait accepté de les suivre, cet auteur, cet éditeur et cet homme aux yeux bleus dont sa mère cherchait le regard de manière à peine détournée. Il y avait dans l'air comme une menace d'orage, un coup de foudre qui s'annonçait malgré les mots anodins qui s'échangeaient autour de la table.

L'éditeur, toujours aussi volubile, lança la réflexion qui déclencha la tempête :

– Maintenant que nous sommes entre nous, tu peux bien nous dire qu'entre cette jolie libraire et toi, il existe un lien bien plus fort que les mots !

Comme s'il avait su !

– Que veux-tu dire ? demanda-t-il d'une voix tremblante.

– On n'écrit pas un tel livre si l'on n'est pas amoureux ! Chère Madame, la lumière qui se dégage de votre présence au monde éveille à l'amour.

– Voyons…

Ce dingue d'éditeur l'étonnerait toujours ! Il osait tout. La jolie libraire était cramoisie.

– Vous m'imaginez bien différente de celle que je suis ! Je tente de conserver un équilibre au jour le jour et j'essaie de m'occuper le mieux possible de mon fils. Rien de plus.

Antoine intervint, déclara sur un ton dur :

– Maman, tu sais bien que tu fais rêver les hommes !

– Voyons… répéta-t-elle.

Et lui, impitoyable, la crucifia.

– Les quatre hommes qui t'entourent à cette table semblent être dans le cas. À des degrés divers, bien entendu !

Laurent rit le premier. Sans doute pour dissimuler le sentiment de gêne qui l'avait envahi.

– Votre fils vous apprécie drôlement, Maryline.

Elle ne put répondre que ces mots :

– Quatre hommes ?

– J'ai dix-sept ans, maman, je me suis permis de me compter parmi les mecs qui sont ici. Tu sais combien je t'apprécie.

– La vérité est dans l'Orval ! lança l'éditeur, hilare.

L'auteur ne put pas prononcer un mot, pris en tenaille entre son regard à elle et celui de son fils.

– Allez, poursuivit l'éditeur, avoue que tu as écrit ce livre parce que tu étais amoureux !

Il aurait pu mentir, esquiver comme dans un roman, passer à autre chose. Mais ce n'était pas possible : s'il avait écrit ce texte, c'était pour la retrouver, pour se libérer de l'accident que lui-même avait vécu à cause d'elle.

– J'ai écrit ce livre pour bien plus que ça. Bien plus que ça.

La manière dont il prononça la phrase, la répétition, son visage effondré et sa voix tremblante imposèrent le silence. Après l'éclat de rire de l'éditeur, c'était comme si l'on baissait un rideau sur la lumière.

Il se tourna vers elle d'abord, vers son fils ensuite.

– Laissez-moi parler, je vous en prie. Je n'aurai pas la force d'aller jusqu'au bout si vous m'interrompez.

Dans la brasserie, il restait peu de clients et l'atmosphère était devenue propice aux confidences. L'auteur posa les coudes sur la table, fixant un point devant lui, entre l'éditeur et l'homme aux yeux bleus qui lui faisaient face. Il sentit se nouer son cœur, persuadé qu'il n'arriverait pas à rendre concrète la promesse qu'il s'était faite à lui-même, quand il avait trouvé le courage de reprendre son livre.

– Voilà, il y a eu notre rencontre, il y a onze ans. L'accident dont votre frère a été victime. L'horreur découverte dans le journal le lendemain et l'envie d'écrire sur ce fait qui m'a terriblement marqué. À l'époque, je ne savais pas que la vie est tissée de correspondances et qu'il ne nous arrive rien au hasard. Un jour, mon fils a découvert mon travail et a cru que je me moquais de lui.

Il s'interrompit. Sa mâchoire tremblait. Et ses mains. Le silence s'épaissit. Il songea à ces phrases dont il s'était nourri, à ce livre qui l'avait aidé dans des moments difficiles et dont la librairie de cette jeune femme portait aujourd'hui le nom. Il ferma les yeux, se jeta à l'eau.

– Mon fils se prénomme Sylvain.

Il ne put en dire plus. Les mots qu'il rêvait d'offrir à la jolie libraire sur un plateau doré s'étaient volatilisés. L'émotion était trop forte. Il fut incapable de retenir ses larmes.

La jeune femme se tourna vers lui. Elle posa la main sur son bras.

– Sylvain ? murmura-t-elle d'une voix blanche.

Il acquiesça.

– Je vous demande infiniment pardon pour lui, lança-t-il dans un souffle.

En face d'eux, l'éditeur et l'homme aux yeux bleus observaient cet échange sans comprendre. Antoine rétablit l'équilibre de la lumière en lançant d'une voix énervée :

– Putain, c'est quoi ce délire ?

L'auteur ne put prononcer un mot. Comme ce jour-là, quand son fils s'était emporté, ce fut une femme qui prit le relais. La jolie libraire tendit le bras, saisit la main d'Antoine et, d'une voix rendue claire par la lumière de l'émotion vive, dit :

– Sylvain, c'est le prénom de ton père, mon chéri.

L'auteur fixait l'espace droit devant lui, entre le regard effaré de son éditeur confronté à une réalité qu'il ne soupçonnait pas et le bleu profond des yeux de l'homme tout aussi en suspens que le reste du groupe. Sur la table, les mains unies d'Antoine et de sa mère. Ah, s'il pouvait joindre sa main aux leurs, mais il était trop tôt, beaucoup trop tôt pour rassembler ceux que la vie avait séparés.

Il se tourna vers Antoine, observa son visage. « De sa mère, il tient le teint hâlé et la tignasse noire ; de son père, il a la courbure du nez, les lèvres fines et les yeux clairs. Ce garçon est le plus beau livre que j'écrirai jamais. Mon petit-fils ! » songea-t-il. Antoine fixa sa mère sans pouvoir prononcer un mot. Des larmes s'invitèrent dans ses yeux, mais il les contint.

– Maman, articula-t-il, pourquoi ne me l'as-tu jamais dit ?

17

Elle est assise derrière le comptoir. La lumière glisse par la fenêtre comme une offrande. Cette fois, elle ne lit pas, elle regarde au-dehors. Dans la rue, de l'autre côté de la vitre, la vie circule et il lui semble qu'elle n'y a jamais accordé autant d'attention. Vive clarté d'un matin de printemps et les passants déjà en manches courtes pour profiter de la chaleur ambiante.

Dans son domaine, fleuri de lettres vives, retranchée et tranquille, protégée de l'éclat du soleil par le store bouton d'or, elle se nourrit du mouvement de la rue, s'en imprègne, y trouve de la délectation. La vie l'a rattrapée où elle s'y attendait le moins : dans les livres. Et, cependant, c'est toujours dans ce qui nous tient le plus à cœur que la vie nous attend. Il n'y a nulle part où s'échapper pour fuir la lumière.

Elle revient vers l'intérieur de son jardin, observe ces piles soigneusement rangées et les couleurs dont elles habillent l'endroit. Toutes les phrases rassemblées, tous les mots tissés procèdent d'un seul et même mouvement : celui de la lumière qui donne à l'ombre une réalité.

Elle a trente-quatre ans et, durant des années, elle a rêvé. Pour se protéger, pour vivre en dehors d'un monde qui la blessait. Les pattes velues du porc sur ses seins allumettes, la trahison de Sylvain, la mort de son frère comme un coup de trompette. Elle a lové sa peur d'exister dans les mots des auteurs et dans les éclairages doux. Et, à Antoine, son fils, elle n'a jamais rien dit de ce qui la tourmentait. Pour le défendre des aléas de l'existence. Comme si c'était possible.

Ses yeux quittent les livres et se tournent vers la rue. Jamais, autant qu'aujourd'hui, elle n'a regardé dehors ! On est dimanche et le magasin est fermé. Elle pourrait en profiter pour se coucher dans son jardin d'histoires et pour s'offrir une fricassée de phrases, pour lire ces textes qu'elle n'a pas le temps de découvrir, pour se blottir contre ces auteurs dont elle aime la plume. Il suffirait de quelques pas ; elle irait vers la petite table où elle rassemble ses coups de cœur. Pour y pêcher quelques mots, pour savourer leur musique. Quelques phrases de Christian Bobin pour embellir sa journée, une description de Gabriel García Márquez pour y mettre du sel, une pensée de Krishnamurti pour faire trembler les certitudes. Mais elle se contient ; les livres prennent leur véritable dimension lorsqu'ils rejoignent le réel. Comme la vie. Elle a voulu vivre loin du monde, mais au monde on n'échappe pas, même dans les rêves.

Ce matin, elle s'est levée tôt, sur la pointe des pieds, pour ne pas réveiller Antoine. Elle a quitté l'appartement sans prendre de café et a filé dans les rues endormies. Le silence qui s'échappait du jour était caressant, apaisant. Plusieurs fois, elle s'est arrêtée pour humer l'air. Plus elle approchait de la librairie, plus elle percevait du bruit, celui des camelots du marché.

Le dimanche, ils envahissent la grande allée centrale bordée de marronniers, les trottoirs, la place de la gare. Ça rit, ça hurle, ça vend. Nuées de mots, d'odeurs et de couleurs qui pleuvent sur sa vitrine remplie de livres. En général, elle évite ce matin où le silence est envahi. Elle reste chez elle, loin du bruit, près de son fils endormi, à siroter un café à la cannelle et à bouquiner en chemise de nuit. Certains dimanches, quand Antoine se lève tôt, il la surprend, lovée dans le canapé, entourée de livres où elle picore des phrases. Il rit. Un jour, il lui a dit qu'ainsi, elle ressemblait à un escargot.

Dès qu'elle a pénétré dans l'espace du marché, elle a été ébouriffée par l'agitation ambiante. Elle a traversé la foule, en rendant à certains le bonjour qu'ils lui offraient ; elle a croisé plusieurs clients, a souri, a échangé quelques mots avant d'atteindre son île et de s'y enfermer. Elle n'a pas allumé les lumières, elle s'est assise derrière le comptoir pour observer la vie qui dansait au-dehors.

Depuis combien de temps est-elle ici ? Une heure ou deux ? Elle rassemble les événements des derniers jours, les relie, les écoute mûrir en elle. Le dernier soir, après avoir déposé son aveu sur la table, l'auteur a eu cette phrase : « J'ai pour la première fois l'impression qu'un de mes livres vit parce qu'il m'a permis de créer un lien. » Elle a posé les mots dans un écrin parce qu'ils la concernaient plus que l'homme pouvait le croire. Être libraire, c'est être passeur de mots, passeur de phrases, passeur de vie. Être femme aussi, mais cela, elle a trop longtemps voulu l'oublier.

Soudain, l'on frappe à la fenêtre. Elle se replie dans l'ombre contre le mur. On est dimanche, c'est fermé ! Mais l'autre insiste. Pour voir à qui elle a affaire, il faut qu'elle s'avance et, alors, inévitablement, on la repérera. La phrase prononcée par l'auteur lui claque à la figure. Quel lien crée-t-elle en agissant ainsi ?

Elle revient vers la lumière pour découvrir la silhouette de Laurent. Ses yeux bleus s'allument quand il la voit. Elle court vers la porte, tourne la clé dans la serrure.

– Bonjour, Maryline.

La voix de cet homme a la saveur des bâtons de cannelle qu'elle met dans son café. Légèrement épicée, envoûtante. Ils se sont revus plusieurs fois depuis le soir de la rencontre avec l'auteur.

– Antoine m'a appelé pour me demander si tu étais chez moi.

Elle sourit. Son grand bonhomme s'inquiète donc de ne pas la trouver au saut du lit ? Et il imagine tout de suite qu'elle a rejoint Laurent !

– Ça m'aurait plu, ajoute-t-il.

Ses yeux bleus s'éclaircissent comme chaque fois qu'il est content. Elle a appris à en traduire les nuances. Elle s'approche de lui, passe les doigts dans ses cheveux, risque un petit baiser sur ses lèvres. Elle s'éloigne aussi vite et aime qu'il ne demande rien de plus.

– Moi aussi, avoue-t-elle, mais, avant tout, il faut que j'apprenne à vivre dans le réel.

– Au moins, nous sommes deux dans ce cas !

Ils rient.

– Comment savais-tu que tu me trouverais ici ? Je ne viens jamais à la librairie, le dimanche.

– Je ne le savais pas, mais c'est à cet endroit que j'ai songé.

– Viens t'asseoir près de moi.

Ils retournent s'installer derrière le comptoir et ils observent les mouvements qui animent le marché. Leurs mains se rejoignent. Ils demeurent silencieux dans le clair-obscur où baigne la pièce. Le store bouton d'or absorbe la lumière du soleil avant de la distribuer, transformée, apaisante. Dehors, les couleurs explosent, car l'ombre est abolie. Il est bientôt midi et tout est blanc ou noir, sans demi-teintes.

Elle pose la tête contre l'épaule de Laurent. Elle sait que ses yeux bleus virent au clair. Comme dans un livre, elle s'accorde le droit d'être heureuse. Placée ainsi, elle ne peut éviter le soleil. Elle ferme les yeux, laisse la chaleur pénétrer sous sa peau.

Un passant s'arrête devant la vitrine de la libraire, repère, ravi, le couple assis derrière le comptoir. L'homme et la femme ont les yeux clos et savourent leur amour. Ils participent à l'équilibre du jour. Le passant se dit qu'ils sont beaux.

Comme dans un livre.

Dans la collection

« LITTÉRATURE OUVERTE »

Frank Andriat, *Le vieil enfant*
Frank Andriat, *Avec l'Intime*
Frank Andriat, *Pont désert*
Frank Andriat, *Reçois et marche*
Geneviève Amyot, *Je t'écrirai encore demain*
Georges Baguet, *Le miroir allemand*
Jean-Marc Bastière, *Les anges d'à côté*
Pierre-Marie Beaude, *Marie la passante*
Maurice Bellet, *Les allées du Luxembourg*
Maurice Bellet, *La nuit de Zachée*
Roger Bichelberger, *Le petit livre de la faiblesse*
Christian Birgin, *L'ange, le sage et le rieur*
Christian Birgin, *La chair et la lumière*
Olivier Bleys, *Le jardinier d'Assise*
Jean-Claude Bourlès, *Pèlerin sans église*
Jean-François Bouthors, *Jonas l'entêté*
Bernard Cattanéo, *Bernard le vénérable*
François Cheng, *Œil ouvert et cœur battant*
Didier Decoin, *Les sentinelles de lumière*
Jean Debruynne, *La dame du Palais-Royal*
Sylvie Doizelet, *L'inquiétude*
Cécilia Dutter et Joël Schmidt, *Et que le désir soit*
Bernard Feillet, *L'arbre dans la mer*
Philippe Gay, *Que dis-tu de la nuit ?*
Sylvie Germain, *Les échos du silence*

Sylvie Germain, *Mourir un peu*
Sylvie Germain, *Songes du temps*
Sylvie Germain, *Quatre actes de présence*
Eugène Green, *La rue des Canettes*
Fabrice Hadjadj, *Pasiphaé*
Christophe Henning, *Il fallait Osée*
Jean Humenry, *Mes horizons à 180°*
Isabelle Jarry, *Au désert*
Jacqueline Kelen, *Bréviaire du colimaçon*
Marianne Kohler, *La caverne du cœur*
Martine Laffon, *Le surplus du monde*
François Lebouteux, *Car ils ne savent ce qu'ils font...*
Guy Luisier, *Les carnets du Fils prodigue*
Baptiste Marrey, *L'évangile selon Tommaso*
Florence Mauro, *Viens*
Philippe Meirieu, *Récits d'enfance*
Théodore Monod, *La mort de la « Baleine rouge »*
Colette Nys-Mazure, *Secrète présence*
Colette Nys-Mazure, *Singulières et plurielles*
Colette Nys-Mazure, *L'âge de vivre*
Colette Nys-Mazure, *La liberté de l'amour*
Colette Nys-Mazure, *Perdre pied*
Colette Nys-Mazure, *Battements d'elles*
Colette Nys-Mazure, *Célébration du quotidien*
Colette Nys-Mazure, *Célébration de Noël*
Colette Nys-Mazure, *Contes d'espérance*
Colette Nys-Mazure, *Courir sous l'averse*
Colette Nys-Mazure, *L'eau à la bouche*
Catherine Paysan, *La prière parallèle*
Gabriel Ringlet, *Un peu de mort sur le visage*

Marie Rouanet, *Douze petits mois*
Brigitte de Saint-Martin, *Si je t'oublie Constantin*
Catherine Ternynck, *Chambre à part*
Didier Vanhoutte, *Le sablier renversé*
Benoît Vermander, *À taire et à planter*
Tanguy Viel, *Cet homme-là*
Alain Vircondelet, *La maison devant le monde*

Du même auteur

Aux éditions du Rocher

Ces morts qui se tiennent par la taille, 2015.

Chez Desclée de Brouwer

Avec l'Intime, 2009.
Pont désert, 2010.
Reçois et marche, 2011.
Jolie libraire dans la lumière, 2012.
Le vieil enfant, 2014.

Chez Grasset-Jeunesse

Depuis ta mort, 2004.
Mon pire ami, 2006.
À moitié vide, 2009.
Je voudr@is que tu..., 2011.

Chez Ker éditions

LES AVENTURES DE BOB TARLOUZE :
Arrête ton baratin, 2013.
Mise en scène, 2014.
Bons baisers de Kaboul, 2015.

Chez Marabout

Clés pour la paix intérieure, 2014.

Chez Mijade

La remplaçante, 1996.
Rue Josaphat, 1999.
Ado blues, 2002.
Monsieur Bonheur, 2003.
La douce odeur des pommes, 2003.
Vidéo poisse, 2007.
Le coupable rêvé, avec André-Paul Duchâteau, 2007.
Tabou, 2008.
Journal de Jamila, 2008.
L'amour à boire, 2008.
Aurore barbare, 2008.
Rose bonbon, noir goudron, 2009.
Rose afghane, 2012.
La forêt plénitude, 2013.
Le stylo, 2014.
Je t'enverrai des fleurs de Damas, 2014.
Voleur de vies, 2015.

Le site de l'auteur
www.andriat.fr

Dépôt légal : septembre 2015
IMPRIMÉ EN FRANCE

Achevé d'imprimer le 5 janvier 2016
sur les presses de l'imprimerie *La Source d'Or*
63039 Clermont-Ferrand
Imprimeur n° 18380

IMPRIM'VERT
Votre imprimeur agit pour l'environnement

PEFC
PEFC/10-31-2008

Dans le cadre de sa politique de développement durable,
La Source d'Or a été référencée IMPRIM'VERT®
par son organisme consulaire de tutelle.
Cet ouvrage est imprimé - pour l'intérieur -
sur papier bouffant « Munken Print Cream » 70 g (main 1,8)
provenant de la gestion durable des forêts,
produit par des papetiers dont les usines ont obtenu
les certifications environnementales ISO 14001 et E.M.A.S.